GOBOOKS
& SITAK
GROUP©

GOBOOKS
& SITAK
GROUP ©

三日月書版

三日月書版

魔導學教授的
推理教科書
上
Wizardry Professor's
Investigation Textbook
魔導ゼミナール
教授のミステリー教科書
輕世代
FW385
三日月書版

CONTENTS

推薦序

值言（知名輕小說作家）

在我的輕小說課程上，有一門課程是「推理課」，在上課的時候，我給學生的寫作建議是「你們只要知道推理小說怎麼寫就好了，出道作品不一定要寫推理，因為真的很難寫」。

推理小說一直是非常困難的寫作主題，因為在書寫的過程中，必須要顧慮到作品的合理性，將天馬行空的靈感化為合乎邏輯的演出，寫作功底不夠的話，便很難編織出令人信服的情節。

而融合了輕小說元素的「奇幻推理」又更是困難。

作家隆納德．諾克斯所訂下的「推理小說十誡」曾在古典推理的黃金期被奉為圭臬，這十條戒律說明了一本完美推理小說「不可以犯下的錯誤」，其中一條戒律就是「故事中不可存在超自然力量」。

而「奇幻推理」可說是反其道而行的推理故事類型，必須在極度講求邏輯與合理性的推理小說中，融入「奇幻」這個本來就是「超現實」的元素。

寫奇幻推理，就像是在試圖將一條惡龍馴服成綿羊一樣，調和光與暗、冰與火、合理與荒謬……如此衝突而矛盾的事物。

就連我在教學時，也忍不住感嘆道「在這個業界，無論你花多少心思構思作品，出版一本小說的稿費都是固定的，寫一本推理小說要耗費的心思，大概等於好幾本異世界穿越作品吧」。

但是，千筆老師做到了。

在我的輕小說課程上，我指定了「寫一篇短篇推理小說」的題目，給學生當回家作業。因為這份作業很困難，所以我也抱著「一定會挑出很多BUG」的想法改作業。

就在此時，我和千筆老師的作品相遇了。

那是一篇一萬多字的作品，我看了開頭，發現角色竟然是勇者與魔王。

喔喔，竟然有人挑戰奇幻推理！真是地獄開局啊！

當時我只是想，千筆老師真是有膽識啊，但根據我的經驗，「有野心」和「能駕馭題材」是兩回事，所謂「能力越強，責任越大」，題材越難，BUG也越多。

帶著這樣的想法，我開始閱讀千筆老師的作品。

咦？

咦咦咦？

喔喔喔喔喔！

哇！哇哇哇！

看完作品後，我被大大驚豔到了！

作品不但邏輯絲滑順暢，而且也沒有因為過分注重詭計，而忽略了輕小說的精髓「有趣最重要」！

故事不但合理，內容也很有趣，而且這麼精巧的故事，竟然是在一週內寫完的！

「超讚的耶！你寫得超讚！」我那時候給的評語大概就是這樣，實在也講不出別的了。

之後，千筆老師就將這個故事的構想再做延伸，最後完成了現在與大家見面的長篇作品《魔導學教授的推理教科書》。

《魔導學教授的推理教科書》的主角是一位溫文爾雅的魔法師學者。但在工作之餘，他研發了許多能幫助斷案的魔法道具，於是他接受美麗的女騎士團長委託，合力偵破各種稀奇古怪的懸疑案件。

整個故事猶如「奇幻版的ＣＳＩ犯罪現場」一般，構築得相當精彩，而且除了各式各樣充滿想像力的案件以外，在角色上的塑造也不馬虎，故事中充滿許多有魅力的角色，例如高嶺之花女騎士，俏皮的獸人女盜賊，軟萌的聖女等等！再搭配上帥氣的教授，無論男性或女性讀者在閱讀時，都能充分享受到趣味！

臺灣的輕小說受限於產業規模，一直難以像日本輕小說一樣透過動畫化大鳴大放，但在這個產業中，也不乏有充滿創意和熱情的作品。

在此也誠摯將《魔導學教授的推理教科書》這本優秀的輕小說作品，推薦給閱讀到這裡的您！

值言　2022年8月5日

寫於令人快融化的盛夏

名人推薦

彷彿偵探伽利略來到魔法世界的本格解謎奇書！

魔王陳屍於只有他自己的魔力才打得開的密室、被復活魔法救活的死者之「死前留言」卻指認了絕不可能是兇手的人、在校內藏葉於林出乎意料的凶器之祕……

在日本流行數年後，台灣作家終於創造出屬於自己的「特殊設定系」推理，千筆老師您了不起！

——喬齊安（台灣犯罪作家聯會成員／推理評論家）

Lesson 1

「我是凶手！」「不，我才是凶手！」

這裡是魔王城。

高聳的尖塔、漆黑的城牆，和隨處可見的骷髏頭，每個東西都在傳達著一個訊息——生人勿近。

照理說，在這裡應該只會聽到尖叫聲或是邪惡的笑聲，然而，此刻這座城裡卻響起了不同的聲音。

「魔王啊啊啊！」勇者大叫著，他身穿鎧甲，手持寶劍，一馬當先在魔王城中橫衝直撞。

在他身後，賢者和戰士則是緊緊跟在後頭。

「火球術！冰柱術！雷擊術！」賢者一邊這麼喊，一邊施展一個又一個魔法。

「都給老子讓開！」戰士也大吼著，手持盾牌，揮舞著長劍，一一打倒眼前的敵人。

三人的表現都相當勇猛，擋在面前的魔物不是抱頭鼠竄，就是立刻被消滅，他們就這樣一路衝入了城堡的深處。

三人來到了一扇高大且華麗的門前，大門上頭有著奇異的圖騰，中間則是有一個鑰匙孔。

「這就是魔王之間嗎？」戰士看到這扇門，就這麼問。

「沒錯。」賢者點頭，又轉頭對勇者說：「好了，把那個東西拿出來吧。」

勇者從懷中掏出了一把金色的鑰匙，鑰匙上頭有著複雜的花紋，看起來和門上圖騰的藝術風格十分類似，他插入鑰匙開始旋轉，隨後聽到了門鎖被打開的聲音。

三人互看了一眼，點了點頭。勇者一把把門推開，並這麼大聲宣告：「魔王，出來受死吧，我……咦？」他的話還沒說完，就硬生生停了下來。

「怎麼了？」

「發生什麼事了？」

其他兩人衝了進去，但在看到裡頭的樣子時也都傻了眼。三人本來都已經做好了要面對魔王的心理準備，準備好要面對任何強敵或是稀奇古怪的狀況，但唯獨眼前這是他們怎麼也料想不到的。

房間裡的布置很簡單，就只有幾扇落地窗和一張黑色的扶手椅而已。椅子是黑鐵鑄成，展現出了魔王的氣勢，而魔王正坐在上頭，一動也不動。

但這並不是因為要展現出魔王的傲慢或是輕蔑，而是此刻的魔王已經不能動了。光潔的大理石地板反射出他的倒影，勇者們可以很清楚得看到魔王膝蓋以上的地方全部焦黑，而他身後的玻璃窗則是全數破裂。一時間，房間裡頭只有風的呼嘯聲。

只要是明眼人，一眼就可以看得出來魔王已經死了，但是，是誰討伐的？面對這個疑問，勇者一行人互看著對方，滿臉疑惑的樣子。

「所謂的魔法三要素，指的就是使用者、媒介和魔力。」

在帝國國立魔法學院的一間教室裡頭，一位男子正在講課。他身材高瘦，長相普通，戴著一副細框眼鏡，在言行之間總給人一種溫文儒雅的感覺。

在他身後的黑板，寫著「初階魔導學理論」和「魔法三要素」這兩行字，而臺下的學生則是聚精會神聽著他的說明，時而低下頭，奮筆疾書地抄寫著筆記。

「使用者指的是使用魔法的人，可以是魔法師、煉金術師、召喚士或是魔法道具使用者。」男子繼續說道：「魔法是一種帶有意圖的人為行為，在一般自然環境下是不會發生的，也因此在野外看到的魔物是古代魔王的產物，而偶爾見到的奇蹟則是神施展的神蹟，這些都是有自我意識的使用者，並非自然現象。

「再者就是媒介。」

此時，外頭的走廊突然傳來腳步聲，讓一些學生稍微分心了。

男子稍微加大音量，「常見的媒介有咒語、符文、魔法道具等等，利用這些媒介，魔法與使用者產生連結，進而顯現到真實世界來，這就引導到我們的最後一個要素，魔力。

「魔力是驅動魔法的力量，沒有魔力，就無法使用魔法。」男子說：「所有的魔法儘管形式、種類不同，但其根源都是魔力……」

男子的話還沒說完，教室的門就突然被打開了。

「教授。」一位身穿盔甲、頭戴頭盔，全副武裝的騎士說：「不好意思，可以打擾一下嗎？」

「……我知道了。」儘管情況有些突然，但被喚作教授的男子還是很快就反應了過來，對臺下說：「那麼我們今天就上到這邊，請各位同學回去自行溫習第二章第三節到第五節的部分，下一次我會來個隨堂小考，那麼就下週見。」

聽到教授這麼說，學生們紛紛站了起來，收拾起東西並走出教室。在經過騎士身旁的時候，許多人都忍不住偷瞄了騎士一眼才快步離去，一下子教室就只剩下兩個人了。

「請問王室找我有什麼事嗎？」教授從騎士鎧甲上的徽章，辨識出對方是王室相關人員，「沒有特別緣故，騎士團應該是不會出動的吧。」

「是的。」騎士點了點頭，拿下頭盔露出了自己的臉。

一看到對方的模樣，教授不禁屏息。頭盔底下是一位金髮碧眼的美少女，有著端正的五官、白皙的肌膚和一雙炯炯有神的眼睛，英氣逼人，讓看到她的人忍不住在腦海裡想到「高嶺之花」這個詞。

但讓教授屏息的原因並非對方的美貌。

「沒想到騎士團團長居然會大駕光臨。」在短暫的驚訝之後，教授很快就恢復了沉著，「請問有什麼是我可以為您效勞的？」

女騎士點了點頭，「聽說教授您最近發明了一個新的魔導具，叫魔力探測儀，對吧？可否講解一下這個魔導具的功用呢？」

「您的消息還真靈通。」教授說：「好吧，正如其名，這個魔導具能夠探測魔力的痕跡，只要有人使用過魔法，這臺機器就能測出殘留魔力的強弱和種類，對於魔法研究和教學……」

「謝謝，我知道這點就行了。」女騎士打斷了教授的話，「那麼請教授帶著魔導具跟我來一趟，最好準備一下行李，我們可能要去好幾天。」

「出遠門？要去哪？」教授有些詫異，「我這邊還有工作，學期才剛開始，有很多事情要處理，第九十二屆魔法學研討會也快到了。假如團長閣下能跟我說一下理由的話，我或許可以安排一下。」

「抱歉，關於原因我不能多說。」女騎士回覆：「這是最高機密……不過要去的地方倒是可以透露，我們要去魔王城。」

「我們到了，教授。」女騎士停下了馬車，「請小心您的頭。」

「不用擔心我的頭，更重要的是魔力探測儀。」教授打開車門，從馬車中慢慢走了出來，一邊看向魔王城。

魔王城十分雄偉，有著高聳的尖塔、堅固的外牆和一扇扇布滿美麗裝飾的大窗戶，屋簷上還站著許多面目猙獰，卻雕刻精美的滴水獸。儘管經過與勇者的戰鬥有點受損，但整座城看起來依舊有著一股恢宏的氣勢，可以感受到魔王不凡的品味。

「這裡就是魔王城嗎？經過戰鬥之後還能保持這個樣子，看來維護的人也真是不簡單。」教授感嘆地說：「這三個禮拜又是魔物，又是強盜的，真是叫人吃不消啊。」

「是的，魔王軍殘黨還在四處流竄，這也是為什麼要帶這麼多護衛。好了，你們先去休息吧。」女騎士點點頭，先是對部下下令，又回過頭對教授說：「雖然有些不好意思，但還是要請教授您開始工作了。」

「那麼，就由在下來幫忙搬行李吧。」這時，一個聲音突然這麼說。

教授往旁邊一看，不禁嚇了一大跳，一個中年大叔就這樣無聲無息地站在他的身後。大叔有著啤酒肚，頭頂有些微禿，看起來就是個普通的中年男子，但令教授吃驚的是對方頭上冒出的那兩隻角——代表著他是魔族。

「是總管啊。」出乎意料之外，女騎士竟是一副稀鬆平常的模樣，「好，那就麻煩你了。」

「這是我的榮幸。」總管一手放在胸前，行了一禮。

「啊，教授，讓我替你介紹一下，這位是魔王城的總管。」女騎士見到教授臉上的表情，便這麼解釋：「不用擔心，他可以說是個相當奇怪的魔族，不但不會使用任何魔法，而且也不效忠魔王或魔王軍。」

「團長大人說得沒錯，在下沒有魔力，因此不會造成任何危害，還請安心。」總管一邊搬著行李，一邊這麼說：「而且在下效忠的對象並非魔王，而是魔王城的主人，既然各位已經打倒魔王，占領了魔王城，那麼在下就會替各位服務。」

「原來如此。」看到總管要搬起魔力探測儀，教授連忙說：「啊，那個我自己來就好。」

「教授，我們該開始工作了，請跟我來，我們要前往魔王之間。」女騎士邁開步伐。教授拿起魔力探測儀，跟上女騎士。

「也差不多該說明叫我來這裡的原因了吧，團長閣下。」當兩人來到其他人聽不到的距離，教授便這麼問。

其實這個問題從出發開始就積在他心中，但一路上不管怎麼詢問，女騎士都守口如瓶。不過教授也發現每當他提問的時候，女騎士都會環顧四周，似乎是擔心被人聽見。

而在這趟旅途中，兩人周圍一直都有其他人在場，因此他沒有繼續發問。不過現在四下無人，兩人更是在魔王城的中庭裡，可以一覽無遺看到周圍的所有動靜。

聽到教授這麼問，女騎士並沒有馬上回答，而是先沉默了一會後，才緩緩地開口：「想必你已經知道魔王死了對吧？教授。」

「聽到妳說要來魔王城的時候就猜到了。」教授說。

「是的，那你也知道先帝遺囑的事吧？」女騎士往下說：「先帝在臨終之前，由於兩位王子都已經死在戰場上，沒有繼承人，便決定將帝位作為懸賞，賜給殺死魔王的人，並指定由騎士團團長也就是我，作為遺囑執行人。」

「是的。」教授點頭，在這趟旅程中，他有很多時間可以思考，當然也想到了這些，「難不成是對誰打倒了魔王有疑慮嗎？」

「是的。」女騎士點點頭，「不過事情沒有那麼簡單，當勇者一行人抵達最終決戰的地點——魔王之間的時候，卻發現魔王已經死了，而且接著才是最棘手的地方。」

「怎麼說？」

「因為勇者隊伍的每個人都宣稱是自己殺死了魔王。三個人都堅持是在沒有其他兩人的幫忙下，獨自殺了魔王，而且還互不相讓，甚至好幾次差點就要打起來。」

「原來如此。」教授點了點頭，「這確實是個大問題，在不知道誰是帝位繼承人的情況下，很有可能會被有心人趁機煽風點火，進而導致動盪。」

「是的，最糟糕的情況便是可能會引發一場內戰。」女騎士垂下眼簾，「這也是為什麼需要魔力探測儀的原因，魔王似乎是被強力的火系魔法燒死的，所以我們得找出這股魔力的來源為何。」

說到這，女騎士看了教授一眼，才彷彿下定決心地說：「老實說，這是我們從未見過的狀況。雖然騎士團也會維護治安、負責辦案，但大部分的凶殺案都是證人拚命辯稱自己不是凶手，但這個案子卻完全相反，所有人都說自己是凶手，實在是……啊，我們到了，這裡就是魔王之間。」

兩人來到了魔王之間那扇華麗的大門前，大門虛掩著，前面空無一人。

「嗯？奇怪？」女騎士見到這個情況，不禁停下腳步，來回張望著。

「怎麼了嗎？」教授這麼問。

「不，沒事。」女騎士這麼回答，並推開了門，卻像是看到了什麼而硬生生地停下了動作。隨後，教授就聽到她驚訝的聲音。

「你們怎麼會在這裡！」女騎士大聲地說。

教授好奇地探頭看向裡面，這才發現房間裡頭除了寶座上魔王的焦屍之外，還有三個人。

「有什麼關係嘛。」一個黑髮黑瞳，看起來年約十七歲的少年這麼說：「我可是勇者耶，想要去哪裡應該是我的自由吧，遊戲裡頭不也是這樣嗎？」

「我明明派了士兵駐守在房間外頭，說任何人都不可以進來的。」女騎士咬牙切齒地看著眼前的少年。

「妳以為妳的部下能擋得住勇者嗎？對他們來說，勇者的命令應該高於團長的命令吧。」一旁一位紅髮美少女這麼說。她長相清秀，看起來才十四、五歲的樣子，不過一雙尖尖長長的耳朵表示她有著精靈的血統，「不過話說回來，雖說是勇者，但這傢伙不過就是個濫用勇者名號的笨蛋罷了。」

「妳說什麼？」

「可惡，那些傢伙。」

聽到紅髮少女這麼說，勇者和女騎士兩人都露出了憤怒的表情。儘管原因有所不同就是了，勇者是因為紅髮少女的挑釁，女騎士則是因為自己的部下不遵守命令。

「哎，算了算了，別對妳的部下太嚴格了。」第三個人出言安撫女騎士。他渾身肌肉，但身高卻不到一般成年男子的一半，代表著他是一位矮人，「賢者說這話只不過是要氣一氣妳罷了，她就是喜歡這樣挑撥離間，同為戰士，老子認為他們算是盡忠職守了。」

「誰在挑撥離間啊，死矮人！」

「難道不是嗎？臭精靈。」

矮人和精靈不合是眾所皆知的，一時間勇者隊伍的氣氛顯得格外緊繃。

不過儘管如此，見到三人教授還是很恭敬地說：「勇者大人、賢者大人和戰士大人，你們好。」

畢竟是拯救了世界的隊伍，因此教授還是客氣地問候，但他們三人就沒那麼客氣了。

「你就是那個團長請來幫忙找魔力的人啊，辛苦你了。」儘管從語氣中完全感受不到慰勞，勇者嘴上還是這麼說：「那就快點開始吧。」

「好的，不過在檢測之前，可否請各位講述一下你們打倒魔王的經過呢？」

教授突如其來問道。

「怎麼了，團長沒跟你說明事情的經過嗎？」勇者皺起眉，明顯露出了不耐煩的表情。

「團長閣下跟我說了你們一起進入魔王城，發現魔王屍體時的情形。」教授先是恭敬地這麼說，之後語氣一變，「然而，魔力探測儀無法探測出魔力的使用者是誰，只能得知魔力的大小或是種類，因此假如有人能說對是使用哪種魔法殺死魔王的話，就可以證明真正的英雄是誰。」

聽到教授這麼說，三人不禁變了臉色。

「什麼意思？你是在懷疑我嗎？」勇者冷冷地說。

「誰會相信你啊！」

「怎麼可能相信你。」

教授還來不及回答，賢者和戰士就異口同聲這麼說。氣氛一時間就降到了冰點，三人你看我我看你，像是一副要打起來的樣子。

「這下就很清楚了吧。」儘管現場氣氛是如此險惡，但經歷過許多戰場的女騎士還是沉穩地控制了整個場面，「只要魔力探測出來的結果，和你們其中任何一人的說法相符，就可以證明是誰殺死了魔王，那麼根據先帝遺囑，那個人就可以繼承帝位。」

「……好吧，我知道了，那我先說吧。」過了好一會，勇者才緩緩開口，「事情是發生在與魔王軍決戰的前夜，我擔心同伴的安危，害怕他們可能不敵魔王，因此就決定趁輪班守夜輪到我的時候，隻身一人偷偷潛入城堡，與魔王決一死戰。」

「因為有道具——魔王城之鑰的原因，我可以打開魔王城的所有房間。」勇者拿出了一把金色帶有複雜花紋的鑰匙，「那是一場相當激烈的戰爭，我使盡了渾身解數，好不容易才用烈炎術打倒了魔王。可是因為戰鬥太過激烈，吸引了魔王城裡其他人的注意，而在打倒魔王後我已經無力對抗，因此只好暫時撤退，等明天再和同伴一起回到這裡，收拾其餘殘黨。」

儘管聽起來破綻百出，但畢竟是出自於勇者之口，因此教授和女騎士還是很仔細聽著，但賢者和戰士卻在聽完之後不約而同地說：「騙人！」

「怎麼了嗎？」

「那傢伙在那天守夜的時候根本就已經睡著了。」賢者說：「所以根本不可能去打魔王，況且他怎麼可能會關心我們的安危啊。」

「那傢伙的潛伏技能就像野豬一樣差。」戰士也說：「我敢保證他光是到大門就會被人發現，根本別說是到魔王之間了。」

聽到賢者和戰士這麼說，勇者臉色都變了。

「我是因為與魔王決鬥，才疲憊到不小心睡著的。」他不悅地反駁：「那你們呢？魔王城之鑰一直以來都被保護在骷髏王的洞窟，拿出來之後也一直都放在我身上，除了我之外，不可能有人能打開魔王之間的大門。」

「喔？是真的嗎？」這番話引起了教授的興趣，「魔王之間的門只能用那把鑰匙打開嗎？」

「是真的。」此時一個熟悉的聲音突然從身後冒出來，把教授嚇了一大跳，回頭一看，原來是總管。

「魔王之間的門只能用那把鑰匙或魔王大人的魔力才能打開。」總管這麼說明：「這也是為什麼魔王大人特別喜愛待在這間房間的原因。」

聽到有人作證，勇者滿意地點了點頭，「聽到了吧！用我們那邊的話來說，這就是一間密室，除了我和魔王之外，沒人能打得開。」

勇者是當初為了要打倒魔王，特別從異世界召喚過來的。

「哼，我是不知道你原來的世界是怎麼樣啦，但是進入這間房間的方法多的是，我甚至可以不進房間就打倒魔王。」賢者不以為然地說。

「喔，可以說說看您的故事嗎？」教授問。

「嗯哼，事情是這個樣子的，在與魔王對決的前一個月，我收到了來自魔王的訊息。魔王邀請我在決戰前一晚先進行魔法對決，地點是在魔王城附近的一處荒原上，而我也同意了，並在輪到我守夜的時候前往。」

魔法對決是一種古老的對決方式，決鬥雙方用魔法對抗，至死方休，且同意對決的當下雙方就產生了強制性契約，若不遵守，失信的那一方就會直接喪命，是種十分殘忍的魔法決鬥。

「我知道了，那您為什麼會答應這次決鬥呢？」教授問。

「我認為這是個能打倒對方的好機會。」賢者聳了聳肩，「身為魔法師，總是會想要挑戰自己的極限，也想要看到更強的魔力、更精妙的魔法，而魔王……我相信也是這樣，你應該也懂吧。」

「雖然我沒有這種欲望。」教授點點頭，「但我知道許多魔法師確實有這樣的想法。」

「謝謝你同意我。」賢者露齒一笑，接著又很快地繼續說下去：「我到那裡時，魔王已經到了，我們雙方開始進行對決，對決十分驚人，最後我被迫使出了大絕招，雷擊術。」

「雷擊術。」教授重複了一次。

「是的，你看看魔王燒焦的屍體。」賢者看了寶座上的魔王一眼，「他的膝蓋以上全部都焦了，但以下卻是完好如初，火系魔法根本做不這一點，如此大的火力只會把整個屍體燒焦而已，但是電系魔法就不同了，有時會直接變成灰，但有時只會造成這種部分的碳化。」

「確實。」教授只是又點了點頭。

而見到有人再次同意自己，賢者得意地說：「為了表示尊敬，之後我將魔王的屍體運回這裡，途中使用了隱身和飛行的魔法，當然我打不開大門，所以打破了窗戶，將魔王安放在椅子上便離開，之後就是你們知道的了。」

「我明白了，非常謝謝妳。」教授沒有多加評論，但是勇者和戰士卻露出了不高興的表情。

「喂，教授。」勇者不懷好意地補上一句，「你可不會因為同是魔法師，就特別偏袒她吧。」

「我不會特別偏袒誰。」教授語氣平淡地說：「我只相信魔力探測儀，看看到時候是烈炎術還是雷擊術，就可以知道殺死魔王的是誰了。」

「哼。」勇者冷哼了一聲，似乎還是有些不相信的樣子。

「好啦，接下來換老子了……」戰士正要開口，但是勇者和賢者卻打斷了他。

「不用聽他的了。」

「是啊，快點開始測吧。」

兩人爭先恐後地這麼說。

「為什麼呢？」

「當然是因為他根本沒有魔力，不能使用魔法啊。」賢者不耐煩地說：「說他用魔法殺死魔王，我寧願相信豬會飛。」而勇者也在一旁點頭。

「哼，精靈就是精靈。」戰士不屑地說：「沒錯，老子是不會用魔法，但是妳看看這個是什麼。」

他從懷中拿出了一顆紅色的寶珠。一看到那顆寶珠，賢者不禁瞪大了眼睛。

「巨龍的真焰！」她驚訝地說：「你是怎麼得到這個魔導具的？」

「嘿嘿，咱們矮人的祕密多得很，你們這些臭精靈怎麼可能會知道。」戰士見到賢者的反應，開心地咧開嘴角，「這下換我說了吧。」

「請講。」教授點頭。

「老子是在那晚守夜時去殺魔王的。」戰士說：「不過和勇者或精靈不一樣，我是採用暗殺的方式。」

「暗殺？」

「是啊，你不會真的相信他們兩人的故事吧？自己一人和魔王對決，還能打敗魔王。天下要是真有那麼好的事情，我們也就不用和魔王軍纏鬥那麼久，還得要從異世界召喚那個廢物來，並和臭精靈合作了吧。」

聽到戰士這麼說，勇者和賢者的臉色頓時變得比什麼還臭，但女騎士卻不由得點點頭，「這麼說也是有幾分道理，請繼續。」

「不愧是有上過戰場的，就是不一樣。」戰士得意地瞄了賢者一眼，「老子從外牆爬進城內，咱們矮人別的不說，就是耐力強，這種高度對平時挖礦的人來說根本不值一提，雖然魔王城戒備森嚴，但總不可能連天空都守住吧，那晚又特別黑沒有月光，因此老子很順利溜了進來，沒被人發現。」

「老子潛入到魔王之間外頭。」戰士又繼續說：「你可以看到魔王的椅子是背對窗戶的，因此連魔王都沒發現，於是我便打破窗戶……」

「等等。」聽到這裡，賢者忍不住插嘴：「打破窗戶不就會發出聲音嗎？你是怎麼打破窗戶又不讓魔王發現的。」

「所以我說精靈就是笨，連生活常識都不懂。」戰士嗤之以鼻，「可以用黏膠，高溫火焰也可以融化玻璃，還有一種尖銳的玻璃刀也可以，方法多的是。」

「唔唔……」賢者不滿地鼓起了臉頰，卻又無話可說。

「說到哪了，喔，對，打破玻璃。之後我便把這顆巨龍的真焰丟進去，這寶貝可夠給力了，裡頭容納了巨龍的魔力，雖然範圍不大，但是效果就和巨龍的火焰一樣，魔王立刻就被燒成焦炭，連叫一聲的時間都沒有。

「最後我才打碎了所有的玻璃，潛入房間。」戰士的語氣越發激昂，「在確認魔王已死後，我便突然想到，假如隔天勇者和賢者辛苦地闖進來，卻發現魔王已經被殺時，表情一定很好笑。說我惡趣味我也認了，反正我就又偷溜出去，之後就是那樣。」

聽完三人各自的說法後，教授點了點頭，「好的，感謝各位。那麼在做檢測之前，我有些問題想要問一下總管。」

「隨時聽候您的差遣。」總管行了一禮。

「既然三位敘述的時間都是在決戰前夜，那麼我想問問那一晚的情形。我想問一下那晚發生的事，不論大小都可以。」教授說道。

「是的，不過恐怕我能提供的資訊不多。」總管得體地回覆：「那天晚上我在服侍完魔王大人，抱歉，是魔王，就回去房間就寢了，之後一直到當天早上，魔王城都和以往一樣，沒有任何異狀。順便一提，我最後一次見到魔王時，他還活著。」

「我覺得有一點很可疑。」教授追問：「決戰那天勇者他們的聲勢那麼浩大，為什麼沒有人進入魔王之間去稟報魔王呢？」

「這是因為魔王之間是上鎖的。」總管說：「魔王有一道魔王軍上下都知道的命令，那就是絕對不可以進入上鎖的房間。您也知道魔王的祕密十分的多，為了保密，因此才有這道命令。」

「就連勇者闖入也不能違反嗎？」

「就連勇者闖入都不能違反。」總管肯定地說。

「我知道了。」教授點了點頭，「那麼還有一個問題，你那天晚上有聽到什麼動靜嗎？假如是魔王在與人戰鬥，或是離城出去，應該都會有些動靜吧。」

聽到這邊，勇者和賢者都豎起了耳朵。

「沒有，看來教授先生對魔王統治下的魔王城不甚清楚。」總管說：「魔王城平時就相當吵鬧，畢竟有許多實驗或是酷刑，就算到了深夜，聽到奇怪的聲音也是十分正常的。而魔王本人也十分隨心所欲，獨自一人偷溜出魔王城也是常有的事。」

看來總管的說詞無法證明賢者或是戰士的說法是否為真。

「還有一點，魔王之間有沒有機關或密道之類的。」教授像是不死心似的，又這麼問。

「沒有，雖然魔王城確實有不少密室或密道。」總管回答：「但唯獨魔王之間是特別的，畢竟是魔王的房間，魔王本人也不希望密道被拿來利用暗殺自己，甚至這裡的門還會自動鎖上，就是要防止除了魔王以外的人潛入……當然從窗外入侵恐怕是沒人設想過，這點我以後會再仔細思考如何防範。」

「好，我沒問題了，其他人呢？」教授看了看其他的人，但沒人有所表示。

「那麼就讓我們正式開始吧，這個就是魔力探測儀。」教授從袋子中拿出了魔力探測道具。

所有人的目光都被教授手上的那個儀器吸引了，它是由黃銅製成，就像個時鐘，上頭有著一個大大的錶面，裡頭有幾根指針和各種魔法符號，旁邊還有許多小齒輪、燈泡與管線。

「這是原型機，我還在改良，希望能縮小……總之，利用這個機器，就可以探測出殘存的魔力，進而知道曾經在魔王身上使用過的魔法。」教授一邊說，一邊把儀器拿到了魔王的焦屍上，「當然，由於魔力會隨著生物死後消失，因此不用擔心會被魔王自己的魔力干擾，那麼……咦？」

儀器發出了淺藍的光芒，指針則是一齊指向了同個指數，所有人都好奇地看著儀器。

「這是什麼意思？教授。」女騎士代表現場眾人，這麼發問：「知道是什麼魔法了嗎？」

教授揉了揉眼睛，像是不敢相信自己看見的。而所有人見到這樣的反應，心臟都提到了喉嚨，七上八下。

「到底是怎麼樣？快說！」勇者大聲地說。

「儀器……儀器顯示出的結果是沒有魔力。」教授轉過頭，用一種像是自己也不敢相信的語調這麼宣布：「魔王並不是被魔法殺死的。」

頓時間，在場所有人鴉雀無聲。

「怎麼可能！」過了好一會，勇者大聲吼著：「這可是魔王耶！普通的火焰怎麼可能燒得死他，難不成你要說是他自己玩火燒死自己的嗎？」

教授還來不及回答，突然一陣急促的腳步聲從走廊傳來，緊接著門被推開，一個士兵驚慌失措地說：「團長！有緊急事態！」

「怎麼了？」女騎士沉穩地回答。

「魔王軍四天王的最後一人，吸血鬼王出現了。」

「真的嗎？太好了！」女騎士興奮地說：「現在勇者、賢者、戰士還有半個騎士團都在這裡，他可真是自投羅網啊！那傢伙現在在哪？」

「在城門口。剛剛有一輛黑色的馬車突然出現，窗戶還被黑布遮得密密實實的，我們上前盤查，對方便表明了身分。」士兵支支吾吾起來，「可是，吸血鬼王說了一件很重要的事……」

「說了什麼？」女騎士有些不耐煩。

「他說、他說魔王是他殺的！」士兵說：「現在他來要求我們履行先帝的遺囑，立他為皇帝！」

「什麼？」

「到底是怎麼回事？」

大家聽到後都不禁這麼說。

然而，就在這時響起了一個優雅的聲音，「那麼，就讓吾來說明一下吧。」

同時間，一位白髮老人從士兵身後出現。老人身材高大，頭髮、鬍子都是銀色的，顯露出他所經歷過的歲月，而和蒼白肌膚相襯的是他身披著黑色披風，舉手投足之間雖然優雅，卻散發出一股王者才有的霸氣。

「吸血鬼王！」一見到對方，女騎士憤怒地說：「你到底在玩什麼把戲！」

「等一下，現在是白天耶，吸血鬼怎麼能自由活動！」勇者不解地這麼說。

「一個一個來。」吸血鬼王捋了一捋鬍子，「首先，關於吾能在陽光下活動這點，是因為這裡是魔王城，雖然汝等察覺不到，但這裡有一股力量保護著魔物和魔族，因此吾才不會受到太陽侵害。再者，是小姑娘的問題，吾來這裡不為了什麼，就是要來領取獎賞，是吾殺了魔王！」

「身為四天王的你，為什麼要殺掉魔王？」戰士也滿懷戒心地問：「你不是魔王軍的高級將領嗎？」

「哼，身為王的吾，為什麼還要去服從另一個王。」吸血鬼王高傲地說：「吾早就看魔王那臭小子不順眼了，除掉他也是剛好而已。」

「喂，吸血鬼王會有繼承權嗎？」賢者這麼問女騎士，「他可是為了自己的私欲和地位才做的。」

「說到私欲，汝等不也是如此嗎？」吸血鬼王說：「汝等與其說是為了和平，倒不如說是為了財富、榮譽和地位才戰鬥的吧？聽說還為了是誰殺死魔王而爭吵、說謊騙人，真是笑死人了。」

聽到吸血鬼王這麼說，勇者一行人臉色大變。

女騎士雖然一臉憤恨，但還是出言補充：「就遺囑來說，假如吸血鬼王真的殺了魔王，確實是可以繼承帝位的，因為遺囑只提到殺死魔王者，並沒說一定要是人類或是什麼種族。」

「真明事理。」吸血鬼王滿意地微笑，「不愧是騎士，現在這個時代有騎士精神的人已經不多了。」

「那麼，可以請您說一下您是怎麼燒死魔王的嗎？」教授這麼問。

「燒死魔王？等一下，汝等該不會以為魔王是被燒死的吧。」吸血鬼王這麼說：「這可是魔王耶，區區火焰怎麼可能燒得死他，就算是巨龍的火焰大概也無能為力吧。」

吸血鬼王說完，便走到魔王的屍體前翻找了一下，「啊，在這邊，看！」

聽到他這麼說，眾人儘管有些顧慮，還是湊上前瞄了一下。這才發現在魔王因為燒焦而一團亂的鬍子底下，有一把小小的拆信刀插在他的胸口。

「這裡是魔王的弱點。」吸血鬼王說：「是那小子核心的所在，只要刺穿這裡，就可以一擊斃命，這是只有魔王軍高層才知道的特別機密。」

看到證據，所有人一時間完全說不出任何話來，只能聽吸血鬼王說明。

「吾和魔王關係不好，已經不是一兩天的事了，只是之前有其他四天王調解，才沒有正式撕破臉。」吸血鬼王像是在回憶往事，悠悠地這麼說：「但在其他三人都被勇者討伐後，吾和那臭小子之間的對立就越來越嚴重。

「最後爆發是在勇者闖入魔王城的前一晚。」吸血鬼王繼續說：「吾和魔王起了最嚴重的衝突，吾建議與其龜縮在城內，倒不如像個男子漢正面在城外決一死戰，但魔王那臭小子執意要進行籠城，吾說他是懦夫，他罵吾是蠢貨並叫吾滾出去。」

「吾從未受過這種奇恥大辱。」吸血鬼王眼睛變得血紅，「一時氣不過，吾就順手拿了一把拆信刀，趁那臭小子一時不注意，插進了他的弱點，不用說，那臭小子當然是當場沒命。」

「而當吾冷靜下來後，立刻就發現這既是危機，也是機會。假如被人發現的話，就算是吾，也有可能被其他魔王軍的人視為叛徒，但吾也知道汝等先帝的遺囑。」說到這裡，吸血鬼王深吸一口氣，「於是吾便決定背棄魔王軍。」

「吾將魔王的屍體燒焦，好掩蓋真正的死因，爭取時間，至於離開，吾是打破窗戶，化為蝙蝠離開的。之後就等勇者闖入魔王城，魔王軍潰散得差不多之後，吾便現身來領取獎賞。」吸血鬼王最後如此作結，「好啦，有什麼問題嗎？假如沒有就讓吾來繼承帝位吧。」

聽完了吸血鬼王的說詞，一時間眾人都不知道該做出什麼反應才好。

「你是用什麼魔法燒掉魔王屍體的？」賢者突然這麼說。

在場所有人立刻就知道了她的意思，假如吸血鬼王說出了魔法，那麼自然就可以證明他在說謊。

「吾是先用窗簾包住魔王的屍體，之後再用蠟燭點燃焚燒，你們不覺得奇怪，這房間有窗戶卻沒窗簾嗎？魔王那小子又不喜歡做太陽浴，那是因為窗簾被吾當作燃料了。」但是吸血鬼王卻這麼說，並露出了自信的笑容。

「嘖！」勇者大聲地咋舌，戰士的臉也變得陰沉。

女騎士則是心不甘情不願地應允，「看來是沒有問題，好吧，我會和議會與宰相討論，看看這個問題該怎麼解決。」

「呵呵，吾就喜歡妳這種女人。」吸血鬼王突然滑行到女騎士身旁，伸出了蒼白的手掌，拍了拍女騎士的臉，「在吾登基之後，會考慮把汝轉化成吸血鬼，當吾的王后的。」

「哼。」女騎士強忍著吸血鬼王的無禮，「那麼就這樣吧，我會把這裡發生的事向宰相和議會報告，然後……」

「請等一下。」然而女騎士的話還沒說完，教授便突然出言打斷：「我有問題。」

一時間，所有人的目光都聚焦到了他的身上，除了吸血鬼王以外的人，都用一種充滿期待的目光看著他。

「請說吧。」吸血鬼王有些不耐煩，但還是彬彬有禮地讓他發言。

「我想問一下這真的是魔王的屍體嗎？」教授問：「畢竟燒成這樣，不會是用什麼其他的屍體假扮的吧？」

聽到教授這麼說，所有人先是愣了一下，之後吸血鬼王突然哈哈大笑了起來。

「哈哈哈！汝說汝是教授？」吸血鬼王輕蔑地說：「居然不知道這位是不是魔王？汝的肚子裡真的有墨水嗎？該不會是從某間學店出來的吧？」

「不，這件事被列為機密，在我國只有與魔王軍對抗的人才知道，」「所以教授不知道是正常的。」女騎士顯然有些失望，但還是替教授辯護。

「喔，抱歉，那是吾失禮了。」吸血鬼王說：「好吧，教授，請看一下魔王的腳下。」

教授走了過去，抬起魔王的腳一看，發現腳上居然有一個看起來像是紋章的印記。「那是魔王的紋章。」吸血鬼王解釋：「是身為魔王的證明，只有魔王身上才有，不可能用任何魔法或其他方法來偽造，因此這一位就是魔王沒錯。」

勇者、賢者等人也都點了點頭，他們的臉上明顯露出了失望的表情，像是目睹最後的希望也已經破滅。或許也是因為如此，接著教授的下一句話才會引起現場那麼大的反應。

「好的，這下我知道了。」教授點了點頭，「我知道真正殺死魔王的凶手是誰了。」

「喂，汝在胡說些什麼。」在經過了幾分鐘的震撼之後，吸血鬼王回過神來，憤怒地露出了犬齒，「吾不是說了，殺死魔王的就是吾嗎？」

「不，殺死魔王的不是你。」教授自信地反駁：「而是另有其人。」

「哼，吾可不想聽一個連魔王屍體都認不出來的人的推理。」吸血鬼王不屑地說：「吾的論證是無懈可擊的。」

「不，你的說法只不過是符合現實罷了。」教授又再次否認，「但仔細一推敲，就會發現其實破綻百出。」

「汝竟敢如此羞辱吾！」吸血鬼王又使出剛才的滑行技能衝向教授，但這次女騎士卻衝出來，拔出了劍，擋在吸血鬼王的面前。

「不許動武！」女騎士擺出架勢，「我想聽聽教授的推理。吸血鬼王，假如你剛剛所說的是真話，那麼教授在推理的時候，你可以反駁他，假如有道理的話，我還是會依照遺囑推舉你為皇帝。」

「……好吧。」吸血鬼王與女騎士互瞪了好一會後，吸血鬼王才同意，「但是假如那個假教授只是胡言亂語，那在吾登基之後，第一件事就是要把假教授以叛國罪處死。」

吸血鬼王的表情是認真的，在場的人聽到之後，莫不為教授捏了一把冷汗。

「教授，請說出你的推理吧。」女騎士說：「我希望你的推理是對的。」

「這次事件與其他案子不同，在於其中的疑點很多，而且互相矛盾。」教授解釋：「一般來說，凶手在犯案時都會避免多此一舉，以防被人看破真相，但這次的凶手卻反其道而行，用了不少在我們眼中看起來都是沒必要的方法。」

「像是第一個，為什麼要燒毀魔王的屍體呢？」教授指向魔王的屍體，這麼問道。

「吾不是說過了嗎？」吸血鬼王很是不耐煩，「是為了避免太早被人發現，讓其他人視吾為叛徒……」

「那麼把門鎖起來就好了。」教授打斷了吸血鬼王的話，「根據總管的說法，魔王有一道知名的命令，不可闖入上鎖的房間，這也是為什麼一直到隔日勇者們闖入魔王城前，魔王軍都沒發現魔王已死的原因，作為魔王軍一員，你不可能不知道這一點吧。」

「這、這是吾以防萬一。」吸血鬼王勉強回答，「要是有人不小心進入房間呢？」

「除了勇者，又有誰能闖入魔王之間。」教授冷靜地追擊，「這扇門只能被魔王城之鑰和魔王的魔力打開，也就是說，你不用擔心其他人闖入……當然，我知道有其他方法可以進入，而且不是從窗外，但你不知道，甚至也不需要知道，因為你可以變成蝙蝠。假如那晚你真的殺了魔王，是不可能會擔心這一點的。」

「咕……」吸血鬼王露出憤怒的表情，卻想不出任何辯駁的話。

「而第二個疑點，為什麼要打破所有玻璃？」教授不等吸血鬼王思考，又繼續說：「假如是變身成蝙蝠，那只要打破一扇窗，甚至只要開一個洞就可以了，為什麼要花時間打破所有的玻璃呢？而同樣的道理，我從一開始就知道戰士的說法也不可信就是了，就算他身材高大，要進來也不用打破所有的窗戶。」

「嘖。」戰士不悅地撇了撇嘴，但也沒有多說些什麼。

「最後一個疑點，那就是為什麼不使用魔法？」教授指出了最後一點，「魔法很方便，不用花時間和力氣去扯下窗簾，況且當你在燒魔王屍體的時候，窗簾還可以遮住火焰，減少被人發現的風險，那麼為什麼不使用魔法呢？」教授說：「吸血鬼王，你能解釋這些嗎？」

吸血鬼王沉默了一會，才辯解道：「人類有時候無法解釋自己的行為，吾也是一樣。假如不是吾，你要怎麼解釋吾為什麼會知道魔王的屍體並非被魔法燒毀的呢？剛才的推理汝根本沒有證據！」

「我知道你是怎麼知道的。」教授一語道破，「而且我有證據，只要用魔力檢測儀對窗戶做檢測就行了。假如你真的化身為蝙蝠，從窗戶逃出去的話，那麼窗戶周遭一定會留下魔力，但我敢保證，一定檢測不到，對吧？」

見狀吸血鬼王也只能認命地垂下頭，不發一語。這讓在場的人都忍不住對教授投以激賞的眼光。

「當然還有其他疑點，凶手為什麼不砍下魔王的頭或做些記號呢？」教授又補充，「假如想繼承帝位的話，這麼做就不用像現在這樣要和其他人對質了。所以從以上幾點來看，凶手殺掉魔王的動機並非想繼承帝位，而是有其他不可告人的理由。」

聽了教授的這番推理，所有人都忍不住贊同地點頭。

「那麼到底是誰？」勇者代表所有人的心聲發問。

「其實答案已經很明顯了。」教授說：「這個人不能，或著該說無法使用魔法，但又知道魔王的弱點，可見是魔王軍的一員，而且是深知魔王祕密的貼身人員。這樣的人選就只有一人，那就是你，總管！」

教授的手指向了總管，而眾人的目光也都順著他的手指，看向了總管。

「你沒有魔力，這是你親口說的。」教授很肯定地說：「這也是為什麼你不用火焰魔法，你不是不願意用，而是不能用。而作為魔王的心腹，你當然知道他的弱點，也能趁毫無防備之際刺殺魔王！」

面對指證歷歷的教授，總管的反應倒是很沉著。

「很有趣的推理，教授先生。」他說：「但是這樣除了剛才吸血鬼王提出的『怎麼知道屍體不是被火焰魔法燒毀』的疑問之外，又多出了一個疑點——我是怎麼潛入魔王之間，殺死魔王之後又順利離開的呢？」

聽到總管這麼說，眾人又忍不住點了點頭並望向教授，想要知道他的解釋。

「我從一開始就覺得很奇怪，為什麼這裡那麼乾淨？」教授說：「看看這裡的地板，沒有常常保養是不可能保持這麼光亮的，而作為負責打理魔王城的總管，這當然是你的工作。」

「所以我就想到了魔導具。」教授繼續說明：「只要把魔王的魔力儲存在裡頭，就算是你也能打開魔王之間的大門，而魔王當然也沒有任何理由會拒絕你進房間，我相信沒有任何一個魔王希望自己的房間是髒亂的。」

聽著教授的話，總管不發一語。

「打破所有窗戶，是為了要通風和排煙。」教授緊接著說：「你燒毀魔王的屍體，就和吸血鬼王說的一樣，是要避免讓熟知內情的人察覺有異，但勇者他們的謊被拆穿後，你只好放棄掩飾，讓吸血鬼王代替凶手的角色。」

「而至於剛才吸血鬼王為什麼知道沒有使用魔法的問題，那當然也是你去通風報信的。」教授最後這麼總結，「一開始到魔王城時，我就對你神出鬼沒的行動方式留下了很深的印象。雖然你一開始就在城裡，但恐怕又趁沒有人注意的時候，溜出去和吸血鬼王會合，告訴他這裡發生的事。」

「證據就是，明明勇者三人說謊爭吵是在這間房間發生的，也沒有其他人出去，但剛進來的吸血鬼王卻知道這件事。是總管告訴你的對？吸血鬼王。」教授看向吸血鬼王，這麼問著。

「哼，吾就知道會背叛自己主子的人是不可靠的。」吸血鬼王沒有正面答覆，但他的回答也幾乎就是承認了。

「所以剛才吸血鬼王所說的那些方法，去除掉變成蝙蝠飛出房間的部分，其實就是你的犯案手法。」教授問：「我只有一個疑問，你的動機是什麼？為什麼要殺掉魔王？」

「……真是令人佩服，我輸了。」經過了好一會的沉默，總管拍了拍手，並從懷中拿出了一把黑色的鑰匙，「這個就是上頭有魔王魔力的魔導具，可以開啟魔王之間。

「為什麼要殺死魔王？理由其實很簡單，那就是我視魔王城的安危更甚於魔王的性命。」總管走向魔王的屍體，一邊凝視著死去的魔王，一邊往下說：「每任魔王來來去去，而我和魔王城卻一直在這裡，對我來說，這傢伙只不過是個過客，但魔王城？這是我一生的事業。

「從小時候開始，我就在魔王城裡生活了，我熟知這裡的一磚一瓦，每間密室都是我小時候的遊樂場，每條祕道都有我兒少時期的足跡。」總管轉過頭，面向所有人，「也因此當我知道魔王要籠城的時候，簡直無法忍受。每一任魔王和勇者的決戰都是毀天滅地，就算是魔王城，也無法從魔王和勇者的死鬥中倖免。

「反正那傢伙是死定了。」總管最後冷冷地說：「那不如就由我來送他上路，雖然要撕毀窗簾、打破窗戶讓我有些不忍，但為了保全整體，這是必要的犧牲。」

聽完總管所說的一席話後，在場的人又再一次陷入了沉默。

「我知道了。」女騎士最後下了結論，「那麼我會向議會稟報此事，之後的帝位……」

「我對你們人類的帝位沒有興趣。」總管斬釘截鐵地拒絕，「我只想留在這裡照顧魔王城，我不會繼承帝位的。」

「……我知道了。」聽到總管這樣回答，女騎士只好又點了點頭，「那麼先帝的遺囑看來只能就此作廢了，之後的帝位繼承問題，應該就會照帝國法律來進行處理了。」

「哼，真是無聊，吾要走了。」吸血鬼王聽到女騎士這麼說，冷冷地打算拂袖而去。

「你以為能就這樣離開嗎？」勇者挺身而出，「作為魔王軍四天王的你，身上背負的人命可不只有一兩條，現在該是償還的時候了。」

賢者和戰士見狀也點了點頭，十分難得和勇者達成了共識。

「呵呵，勇者啊。」吸血鬼王冷笑著說：「雖然現在吾還打不過你們，但要全身而退可是一點問題也沒有，後會有期了。」

他一邊放話，身體一邊慢慢地化成了大量的蝙蝠，往窗外飛去。

「可惡，追上去！」

「喔！」

「衝啊！」

勇者一行人這麼吶喊，並衝出了魔王之間。

「那麼，在下也先離開了。」總管深深一鞠躬，「除非你們想以殺死魔王的罪名懲罰在下，不過你們人類不會這麼做的，對吧？」

女騎士和教授不發一語，總管便緩緩離開了。

「雖然找到了凶手，卻無法做些什麼啊。」教授收起魔力探測儀，並苦笑著說：「這趟算白來了嗎？」

「不，至少阻止了吸血鬼王的野心。」女騎士露出堅毅的神情，「而且遺囑得以實行，我想先帝在天上也總算可以安心了。」

「之後該怎麼辦？」兩人開始往外頭走，準備離開魔王城。

「之後帝位會由誰來繼承？勇者？」教授這麼問：「我可不敢想像他登基成為皇帝的樣子。」

「其實我不應該多說的，這件事我從來沒有告訴過任何人。」女騎士環顧四周，確認附近沒有其他人，特別是總管，「我是先帝的外甥女，也是和先帝血緣最親近的人。」

教授瞪圓了眼睛，「所以妳會……」

「也許吧，但我很喜歡騎士團長這份工作。我喜歡辦案，特別是抓住真凶，正義得以伸張的那一刻。教授，您的魔力探測儀固然珍貴，但沒有您的推理，我是無法找出真相的，希望以後還有機會可以和您合作。」女騎士這麼說，並伸出了手。

教授放下了魔力探測儀，與女騎士握起了手。

「請多多指教了。」

「我才是。」

兩人互相這麼說道。

Lesson 2

誰都不想要的寶物

「所謂的魔導具，就是可以儲存、施展魔力的物品。」站在教室前方的講臺上，教授正侃侃而談著：「魔導具都會有設定好的儀式，讓使用者利用儲存在內部的魔力，施展特定的魔法，因此就算是不會魔法的人，也能藉由魔導具來使用魔法。」

「魔導具的歷史相當悠久，最早的魔導具其實是人體。」教授在桌上排出一列各式各樣的魔導具，並拿起了一顆骷髏頭。

「這也是為什麼我們魔法師能使用魔法的原因，人體其實是能吸收並儲存最多魔力的魔導具材料。」教授說：「事實上，至今仍有不少魔法師，例如死靈法師，仍在使用人體作為施咒的魔導具。」

「不過，雖然人體能儲存最多魔力，但在施展方面卻並非效率最高的。」教授放下骷髏頭，「因此人們開始使用不同的材料，有木材、金屬、寶石……依照使用的魔法和使用者的不同，魔導具的種類也隨之增加。」

教授的手掃過了一根木製魔杖、一把上頭刻有符文的短劍，和一只戒指。

「有許多古代魔導具流傳下來，由於魔力不滅定律……還記得這個定律是什麼嗎？」教授突然拋出這個問題給臺下的學生們。

學生們都不禁顫抖了一下。

「那、那個……魔力或魔力的產物沒有被使用或消耗的話，就不會消失。」

一名學生緊張地這麼回答。

「很好。由於這個定律，因此古代魔導具假如沒有被嚴重破壞或耗盡魔力，就可以持續使用。」教授一邊說明，一邊拿起了戒指。

戒指在教授的手上綻放光芒，一道水流從戒指湧出，並彷彿有生命一樣先是流經教室的走道繞了一圈後，又重新匯聚在講臺前，像噴水池一樣在空中噴出漂亮的水柱，讓不少學生發出了驚嘆聲。

見到學生的反應，教授則是讓學生見識了一會，才停下魔法，將所有的水一滴不剩地收回戒指當中。

「當然，這些魔導具除了魔法之外，還具有許多其他的重要價值，例如其背後的歷史或是製作的手工藝技術，甚至有專門收藏家會高價收購這種魔導具。」教授這麼說著。

「不過，覺得古代魔導具比較強是一種普遍的誤解。」教授瞄了一眼放在一旁的魔力探測儀，「魔導具的製作技術是不斷在進步的，現今的魔導具不管是在魔法威力還是可使用次數都遠勝於古代魔導具。」

這時教室的後門突然被人打開，一名金髮碧眼的美女悄悄地走了進來，最後一排的位置坐下。儘管前頭認真聽講的學生並沒有注意到，但教授還是很快便認出了對方，那不是別人，正是女騎士。

「雖然只要有魔力就能製作出魔導具，不過矮人一族的魔導具製作技術還是最為有名的，而他們也引以為傲。」教授話鋒一轉，結束了課程，「好了，今天的課程到這裡結束。回去之後找一樣古代魔導具，寫一篇關於其歷史與手工藝的研究報告，這個月底交到我的辦公桌上，下課。」

學生們紛紛起身離開，很快教室裡頭就只剩下教授與女騎士兩人。

「很高興看到妳這次不是全副武裝進校園，團長。」等最後一個學生走出去後，教授便開口：「那麼，這次有什麼事呢？」

聽到教授這麼說，女騎士的嘴角微微上揚了一下，但很快又回復到嚴肅的樣子。「有件魔導具想要委託你鑑定一下，教授。」女騎士說：「不過地點有點距離，我們坐上馬車後再說明吧。」

「知道了。」教授同意道，同時開始收拾東西，「需要我和學校請假嗎？」

「不，這次的事件是發生在一條帝都通往法皇國的幹道上，離此處沒那麼遠。」女騎士又問：「教授去過法皇國嗎？」

教授點點頭，「我參加過幾次在那裡舉辦的研討會，和那邊的幾位同行有過交流。」

「那麼您應該知道除了學術，我國和法皇國的商業往來也十分興盛。」女騎士往下說：「甚至以前因為魔王而被迫遷都時，也是考慮到這一點才決定遷到現在的帝都，因為離法皇國很近，方便貿易並藉此來籌措戰爭經費。」

「我也聽過這個傳聞，但沒想到是真的。」教授說。

「當然也有考慮到現在的帝都離魔王的領地比較遠這些因素。」女騎士看到教授忙著收拾，忍不住問：「需要幫忙拿些什麼嗎？」

「喔，那幫我拿一下魔力探測儀吧。」教授遞出手中的物品，「幫大忙了，謝謝。」

「不會。」女騎士用左手接過了魔力探測儀，而教授則是將其他魔導具和課本一股腦地全部收進了公事包中。

「好了，我們走吧。」他這麼說。

「這次的事件是有冒險者護送商隊經過那條路時，被一伙盜賊團襲擊了。」兩人剛坐上馬車，女騎士便開口說明。

馬車十分寬敞舒適，很適合來討論事情，不過美中不足的是，此刻馬車正經過學院外頭的一條商店街，時不時就會傳進來吵鬧的叫賣聲。

「長劍特價，只要十枚銅幣！」

「熱騰騰，剛出爐的麵包，一個二十枚銅幣！」

「長弓大清倉，一把弓加全套裝備只要五十枚銅幣！」

「喔？」教授接話：「不過沒想到離帝都那麼近的地方居然還會有盜賊團。」

「是的。說來慚愧，但騎士團在與魔王軍的戰爭中實力耗損，因此目前還沒有餘力可以顧及到那一帶。」作為維護治安的騎士團團長，女騎士苦笑，「不過萬幸的是，商隊雇用的冒險者擊退了盜賊團，不但無人傷亡，也沒有重大財產損失。」

「更有意思的是，在這次襲擊中商隊不但沒有財產損失，反而還得到了一件魔導具。」女騎士左手遞出了一份報告，「是法杖型的魔導具，外表看起來價格不菲，所以我們推測這應該是盜賊團遺落的，可能是他們搶來的贓物。」

「所以是希望我找出魔導具原來的主人嗎？」教授接過報告，快速地閱覽了一下，上頭大致就是女騎士所說的內容。

「根據帝國法令，魔導具的所有權將會隸屬於擊退盜賊的冒險者。」女騎士搖了搖頭，「這次請您來是想要鑑定一下該魔導具是否具有危險性，像是有沒有詛咒之類的……」

女騎士話還沒說完，外頭又突然傳來吵雜的聲音，當然依舊全都是叫賣聲。

「超便宜防具！現在只要十枚銀幣就能買到全身裝備！」

「慶祝魔王之死，所有商品都有優惠，特別是武器半價，快來買喔！」

「剛進貨的水果，又香又甜！」

「另外由於事發地點畢竟算是犯罪現場，我希望盡可能保持原狀，所以才需要請您和我一起去一趟。」由於外頭聲音過於干擾，女騎士也得大聲地說話。

「我明白了。」教授點了點頭，「沒關係，我來看一下這份報告吧。」

「能這樣就太好了。」女騎士悄悄地鬆了口氣。兩人相視露出了苦笑。

經過差不多一個半小時的車程後，兩人來到了商隊被盜賊團襲擊的現場。

「喔，謝謝。」女騎士體貼周到地用左手打開車門，於是教授便這麼道謝。

「不用客氣。」女騎士露出禮貌的微笑回道。

教授下了馬車，伸展一下筋骨，並迅速環顧了四周的環境。

現場是一片大草原，但不遠處就有一座十分茂密的森林，而道路則是從草原一路向森林裡延伸。

「嗯……」教授看了看，「盜賊團選在這裡偷襲是正常的嗎？這邊是草原，偷襲時很容易被其他人發現吧。」

「這是因為盜賊團的人數比較多。」女騎士說：「他們躲在森林裡，挑選下手的目標，我想他們應該是專挑人少的商隊。一旦合適的目標出現了，他們就從森林裡一湧而出，以人數優勢包圍對手，假如等商隊進到森林裡再偷襲的話，目標有可能會趁機逃走。」

「原來如此。」教授點了點頭，「不得不說他們還算聰明。」

「哼，只是小聰明罷了。」女騎士不屑地說：「假如真的聰明的話，就應該老老實實地去工作，而不是像這樣造成他人的困擾……」

「你們到底好了沒！」女騎士的話還沒說完，就被一個女性的聲音粗暴地打斷。

教授不由得往發出聲音的方向看了過去，在他眼前是一片混亂的景象——一臺馬車傾倒在路旁，車上的貨物散亂一地，有食物、木桶、地毯和各式各樣的大量兵器。

在馬車旁，一個小女孩正和一名騎士爭執著，旁邊還有一對看起來像冒險者的獸人男女。

小女孩身材嬌小，留著一頭俏麗短髮，外表看起來大約十四歲的樣子，腳上穿著一雙過大的靴子，看起來相當可愛。

但此刻她稚嫩的臉上卻一幅凶神惡煞的樣子，語氣不善地說：「你們一直說這是犯罪現場，要保持原狀，可是我也是要做生意的，商品被這樣丟在地上，到時候賣不出去怎麼辦？你們會負責嗎？」

面對小女孩的逼問，已經是個成人的騎士卻支支吾吾。

「真的不好意思。」他低聲下氣地說：「可是這是我們團長的命令……」

「好了、好了。」見狀女騎士連忙過去替部下解圍。

「不好意思，給您添麻煩了。」女騎士先是對小女孩這麼說，接著問騎士：「已經作好記錄了嗎？」

「做好了。」

「好，那麼除了法杖之外，其他東西就可以先開始收拾了。」女騎士這麼下令，其他人就露出了如獲大赦的神情。

「是，遵命！」騎士們聞言便開始動手收拾了起來。

「教授，我來介紹一下，這一位就是這次委託冒險者護衛任務的女商人。」女騎士指著小女孩，對教授這麼說明。

「她是矮人。」她又補充了這麼一句。

教授點了點頭，理解了對方外表看起來是個小女孩，卻能成為行商的原因——女性矮人能維持十幾歲的外表不會變化，眼前的這個女商人，年紀可能比教授還大。

「教授你好。」女商人對教授點了點頭，「你是來鑑定法杖的吧。」

然而教授還來不及說話，女商人就又匆匆地說：「不好意思，我沒辦法多談，這批貨的交貨期限很趕，有什麼問題的話，就問我的兩個護衛吧。」

女商人說完就匆匆離開，沒多久又聽到她的聲音，「喂！那個地毯可是從異國來的舶來品，別用手直接去摸，要戴上手套！」

「唔……」見到女商人這樣，女騎士也只能無奈地搖搖頭。發誓要守護無辜民眾的她，面對這樣的狀況也只能嘆氣了。

「哎，團長也別嘆氣了，畢竟對商人來說時間就是金錢啊。」一個冒險者在一旁這麼說。

他是一名年約十五歲的獸人少年，有著一雙金色犬耳和一條同樣是金色的短尾巴，尾巴一直搖來搖去，看起來十分活潑好動的樣子。

「教授你好啊，我是承接這次任務的冒險者，職業是斥候，請多指教喔。」斥候很有朝氣地向教授打招呼。

「教授你好。」另一個冒險者也向教授打招呼。她是一名身材高挑的貓族獸人少女，似乎比斥候年長一些，有著一對尖尖的銀色貓耳，尾巴則是優雅地蜷曲著。

「我的職業是弓箭手，請多指教。」她這麼說。

「兩位好。」教授對兩人點了點頭，「就是你們兩位將整伙盜賊團擊退的嗎？」

「嘿嘿，是啊～」聽到教授這麼說，斥候開心地回答，尾巴不停搖來搖去，

「那群盜賊其實也沒什麼了不起的，我一下子就全部打倒了。」

「呼呼，雖然你這麼說，但身為斥候的你居然讓盜賊團有機會偷襲，這可以說是不及格了吧。」弓箭手在一旁這麼吐槽。

「啊！不是說好不要說出來的嗎？」

「嘻嘻，誰叫你要那樣說。」

兩人似乎感情很好，就這樣你一句我一句地互相拌著嘴。

「可以說一下發現魔導具時的情況嗎？」教授這麼問。

「喔，那是在擊退盜賊團後，在清理戰場時才發現的。」

「是啊，連這麼好的寶物都忘了帶走，該說是那群盜賊太笨，還是說其實他們不想要這個寶物呢。」

兩人分別這麼說。

「盜賊團有使用魔法嗎？」教授又問了下個問題。

「一開始偷襲的時候，有利用土系魔法的陷阱讓馬車翻倒。」

「不過在進入戰鬥後，就沒有使用過任何魔法了，應該是沒有魔法師。」

兩人快速地回答。教授點了點頭，表示沒有問題了。

「好吧，那我想去看看那個魔導具。」教授拿出了魔力探測儀，「可以帶我過去嗎？」

「好啊，就在那邊的草叢。」

「因為不能亂碰，所以我們就把它留在最初發現的地方……」

兩人話還沒說完，他們的耳朵就突然豎了起來，臉上也露出了嚴肅的表情。

「有人過來了，是從法皇國的方向來的。」

「人數很多，馬蹄聲很沉重，應該是全副武裝，還帶著武器。」

沒過多久，兩人快速地這麼分析了起來。

「至少有三十人。」

「聲音規律，有受過專業訓練。」

「念咒語的聲音，有魔法師……」

兩人快速地這樣交換著情報。

「所有人列隊！」聽到兩人這麼說，女騎士立刻當機立斷，下達了指令。

「背靠馬車，成半圓形陣列！教授和其他人都過來中間……」她這麼大喊著。

「我們也可以戰鬥！」冒險者兩人異口同聲地這麼說。

「那你們就負責保護你們的雇主。」女騎士以一種不容質疑的語氣說：「這是你們的工作，不是嗎？」

女騎士的部下快速集結，並依照命令排好了陣形，教授、女騎士、女商人和兩位冒險者則是在陣形的最中間。兩個冒險者聽從女騎士的話，一左一右地站在女商人兩旁，而教授也開始念起咒語，以防不時之需。

「怎麼回事？難不成是盜賊團回來復仇了！喂！不要不說話，回答我啊！」除了女商人驚慌失措地大叫之外，所有人都屏息以待。很快的，一隊全副武裝的騎兵衝了出來，並包圍起他們。

「拔劍！」女騎士這麼下令，並用右手從腰際拔出了寶劍，而所有士兵們也都做出了一模一樣的動作——用右手拔出了劍。

一時間，現場的氣氛緊繃到了極點！

「停！」這時一個聲音傳來，對方的騎兵聽到後，也動作整齊劃一地停了下來。

一個穿鎧甲、戴頭盔的男人騎著馬，從隊伍中走了出來。男人身材肥胖，身上的鎧甲看起來似乎是特別訂做的，一副氣勢洶洶不好惹的樣子。

「敢問閣下是帝國騎士團的團長嗎？」男人聲音宏亮地對女騎士這麼問。

「正是我。」女騎士也以絲毫不輸給對方的氣勢大聲回應，「你是誰？你們是哪個國家的軍隊？既然知道我的身分的話，還膽敢侵入我國國境？」女騎士這麼說。

「隊長！」男人還來不及答話，就有一名騎兵指著一旁的草叢大喊：「你看那個！」

眾人的目光不由得也被吸引了過去，待男人看清在草叢裡的東西後，雙眼立刻瞪大。

「快點，快點檢查！」男人激動地說，並且奮不顧身衝了過去，撿起在草叢裡的東西，正是那根法杖，「快點檢查這是不是神聖法杖！」

「神聖法杖？」聽到男人這麼說，教授驚訝地瞪大了眼睛，「難不成指的是法皇國初代法皇使用過的神聖法杖嗎？」

聽到教授的話，女騎士等人都露出了同樣驚訝的表情。但騎兵們沒有理會他們，而是拿出了一個懷錶型的機器，機器上有盞燈正發著白光，當他們拿著機器靠近法杖時，白光變得更耀眼，錶面上的指針也瘋狂旋轉了起來。

「隊長！」

「啊啊，終於找到了！」男人激動地說，隨後轉過身，脫下頭盔，收起了劍，並向女騎士行了一禮，「好久不見了，團長閣下。我是法皇國十字軍的隊長，前年的比武大會上我們見過一次，不知道閣下是否還記得？」

「啊啊，原來是隊長閣下。」在看到對方的臉後，女騎士似乎認出了對方，也收起了劍。但她還是謹慎地問：「那麼，為什麼閣下會如此大陣仗出現在這裡呢？這裡可是我國領土。」

「是因為這個。」十字軍隊長舉起了神聖法杖，「神聖法杖是我國最重要的國寶，一直以來都被收藏在法皇廳中，只有新法皇繼位時才會拿出來使用。」

聽了十字軍隊長的說明，其他人的目光也看向了法杖。

「但在上個月，有人入侵法皇廳偷走了神聖法杖，在我們抽絲剝繭地搜查後，最後跟著一些線索找到了這裡。」十字軍隊長繼續解釋。

聽到十字軍隊長這麼說，女騎士的表情也變得越來越凝重，這已經不只是單純的強盜案件，而是國與國之間的政治與外交問題了。

「神聖法杖是我國初代法皇所使用的聖物，對我國來說有十分重要的歷史與宗教價值，就如同國寶一樣。」果不其然，十字軍隊長這麼說：「因此我們要帶回去！」

「請等一下！」女騎士見狀，連忙制止，「雖說法杖是法皇國的國寶，但這裡可是帝國領地，根據我國法律……」

「還不只這樣！」十字軍隊長不管女騎士，繼續往下說：「除了要帶回神聖法杖之外，我們還有另一個任務。」

「什麼任務？」

「那就是要逮捕偷走法杖的賊人！」十字軍隊長以一種不由分說的語氣說道：「偷走神聖法杖在我國是十分嚴重的罪行，我要把犯下這起偷盜的罪人帶回去，接受應有的處罰！很遺憾，我必須要說在場的諸位都有嫌疑！」

十字軍隊長的一席話讓所有人都吃了一驚。

女騎士再次用右手拔出了劍，「隊長閣下，您太過分了，難道法皇國的作風是如此蠻橫無理嗎？況且，根據帝國的法令，這寶物是屬於打倒盜賊團的人！」

「啊，我們沒關係啦……」

「倒不如說，事情只要一牽扯到國家，就會很麻煩啊……」

兩個冒險者連忙緩頰。

不過儘管兩人這麼說，其他人卻沒有理會。見到女騎士拔劍，士兵們也紛紛再次舉起了劍，而十字軍隊長更是對這一切視而不見。

「抱歉，團長閣下。」他高高抬起頭，傲慢地宣告：「但此事關係到神聖法杖，法皇國會不惜一切代價執行這兩項任務，就算是要和帝國翻臉也在所不辭！」

「唔……」見到十字軍隊長如此強硬的態度，女騎士表情凝重了起來。

畢竟兩國不只貿易活動興盛，在很多方面也往來密切，因此不要說開戰，就算只是關係緊張都會帶來不小損失，而且帝都離法皇國是如此之近，一旦與法皇國為敵的話將會相當不利。

「不過，雖然說是在場的諸位都有嫌疑。」十字軍隊長說到這，卻突然話鋒一轉，「但是犯人是誰，我大概心裡有底了。」

「……什麼！」女騎士驚訝地瞪大了眼，她一直以為寶物是盜賊團所偷的。十字軍隊長見狀，露出了得意的表情，並伸出了右手，戲劇化地指向了女騎士……的身旁。

「就是你們幹的吧！」他大聲地說。

而十字軍隊長指的對象不是別人，正是兩個獸人冒險者！

「你們兩個，就是最近相當有名的義賊二人組吧！」十字軍隊長這麼說：「不要想抵賴，一年前你們曾在法皇國犯下竊案，那時候我就和你們打過照面了，到現在還記憶猶新啊！」

「什麼？」

「那個最近很有名的義賊二人組嗎？」

「他們不是前些日子才在隔壁王國偷走了某個富豪的寶物嗎？」

聽到十字軍隊長的話，士兵們紛紛動搖了起來，而女商人更是緊張。

「是真的嗎？」她立刻躲到了女騎士的背後，「你們真的是義賊嗎？」

「……啊啊，果然還是被發現啦。」斥候這麼說道。見到事已至此，兩個冒險者嘆了一口氣。

「哎~誰叫你每次動手都要在那邊報名號。」弓箭手也附和：「早就跟你說過，被認出來的話就會很麻煩啊。」

「誒～可是不報名號的話多無趣啊～」

「哼，假如每次都要報名號才能被人記住的話，那也不是什麼大不了的義賊呀。」

「喔喔，這麼說好像也很有道理喔。」

相較於兩人一派輕鬆的樣子，其他人則是緊張了起來。女騎士衝到教授面前，用自己的身體護住了教授，絲毫不管女商人在後頭大叫著。

「你們的目的是什麼？」女騎士對兩人舉起劍，質問起了兩人。

「是啊、是啊，你們假裝冒險者，接受我委託的目的是什麼！」女商人見到女騎士離開，只好連忙再躲到了教授背後，一邊大喊：「難不成是看上了我的貨物？」

「才不是呢，誰會對這麼窮酸的貨物有興趣啊！」

「只是剛好要離開法皇國才順便接了委託，況且是妳主動找我們的吧。」

兩人這麼吐槽著，之後開始解釋了起來。

「身為義賊，我們只會對欺壓百姓的人下手。」

「拿走不義之財，不傷害任何人，然後再去救濟窮人～」

兩人先是分別解釋，之後才異口同聲地說：「這可是義賊的第一信條啊。」

不過儘管兩人這麼說，眾人還是不由得對他們投以了狐疑的目光，畢竟以目前的狀況來說，義賊出現在這裡的時機實在是太湊巧了。

「哼，明明是賊，還說什麼信條。」十字軍隊長不屑地駁斥：「何況還偷走了神聖法杖，難不成你們是在指責法皇陛下是壞人嗎？」

「哎呀，我們可沒有這麼說喔。」

「沒錯，是大叔你自己說的。」

見到十字軍隊長這副模樣，兩人便故意這麼嘲諷。

「你們說什麼！」十字軍隊長立刻勃然大怒，右手放到了腰間的劍柄上。

「不過呢，神聖法杖並不是我們偷的喔。」

「對啊，我們才沒有去偷那種東西呢，偷國寶的話，事後處理會很麻煩的啊。」

兩人很快地又這麼說。

「哼，還在說這種話。」十字軍隊長嘴上這麼說，但他的手從劍柄上移開了，「現場這些人當中，除了你們有動機之外，還能有誰啊。」

「嗯？不是還有一人嗎？」

「對啊。」

兩人互看一眼之後，一起將手舉了起來，指向了同一個人，「那就是你啊，大叔。」

兩人指出的對象，居然是十字軍隊長。

不過出乎意料的，儘管被這樣指控，十字軍隊長並沒有發怒。

「哼，胡說八道。」他嗤笑著說：「看來是走投無路，就開始胡亂指控別人了嗎？真是可笑！」

「沒有喔，我們可是有證據的。」

「對啊，在離開法皇國時，不是每個人、每輛車都要經過你們剛剛拿出來的那個魔導具檢查嗎？」

兩個人異口同聲地說：「可是那時沒被檢查出來啊。」

「……什麼？」聽到兩人這麼說，十字軍隊長愣了一下。

「隊長閣下。」這時，在一旁的教授總算忍不住插話了，「可以請教一下那個魔導具的事情嗎？我還滿好奇的。」

「啊啊，當然沒問題。」十字軍隊長拿出了那個懷錶型的魔導具，「這是我國的學者為了找回神聖魔杖，參考了某位大學教授的發明改良而成的，叫魔力探測器，可以從很遠的地方就能探測到神聖法杖的魔力。」

十字軍隊長大概沒有想到眼前的人就是魔力探測技術的最早發明者，法皇國的學者不但使用了教授的理論，而且還自行把名字從探測儀改成了探測器。

「這樣啊。」

「不過呢，很遺憾的是探測器只能探測神聖法杖的魔力。」十字軍隊長又這麼補充，「雖然就這次的任務來說已經十分足夠了，但還是希望未來可以改良成能探測到更多魔法啊，這樣搜查一定會方便不少。」

「嗯哼，這東西能探測到神聖法杖的魔力對吧。」

「你們從神聖法杖被偷後，就對每個出城的人用探測儀檢查對吧。」

這時兩個義賊又說：「可是我們出城時，衛兵拿這個檢查，沒有探測到啊。」

「嗯?!」聽到兩人這麼解釋，十字軍隊長瞪大了眼，這才發現自己的盲點。

「那你們指控十字軍隊長，又是為什麼呢？」女騎士問。

「很簡單啊，是想要發動戰爭的藉口吧。」

「因為魔王被打倒，就想要開始對其他國家發動戰爭，拓展勢力了吧。」

兩人真不愧是義賊，對於各國的機密十分了解。

「法皇國內部一直都有人提議併吞帝國喔，畢竟很容易下手嘛。」

「所以趁著出城檢查，把我們趕下馬車時偷偷把法杖藏在貨物裡頭了吧。」

兩人又這麼說：「這就是典型的栽贓啊。」

聽到兩人的說詞，十字軍隊長竟沉默不語，而這無疑是默認。

「隊長閣下，他們所說的是真的嗎？」女騎士用右手執劍，指著十字軍隊長，「閣下真的打算以此藉口來發動戰爭嗎？」

「……我承認，我國有些人確實有這樣的想法。」十字軍隊長先是坦承，但又很快地反駁：「但是，法皇陛下是堅決反對戰爭的！法皇陛下愛好和平，絕不可能主動挑起戰端，而我也絕不會違背法皇陛下的旨意，只要團長閣下不阻止我們帶走法杖和犯人，我們就不會對你們拔刀相向。」

「……我明白了。」女騎士看著十字軍隊長，最後還是收起了劍，「畢竟如果要發動戰爭，閣下不可能親自來到這裡，卻只帶著這麼一點人。」

「唔……不過……」

「這樣又回到原點了啊。」

兩個義賊有些失望的樣子。

「其實，從一開始我就很好奇。」女騎士這時提出了自己的推理，「為什麼不可能是盜賊團偷的呢？既然是盜賊團，會從法皇廳盜走寶物也是很合理的吧？」

「不可能喔。」

「不可能喔。」

「團長閣下，這是不會發生的。」

出乎意料的，兩個義賊和十字軍隊長立刻不約而同否定了女騎士的說法。三人互看對方一眼，這是他們第一次達成了共識。

「……可以說明一下原因嗎？」見到自己的推理那麼快就被反駁，女騎士不禁有點賭氣地問。

「那伙盜賊團的身手可沒這麼好啊。」斥候先說：「和他們交過手就知道了，他們頂多就只能搶劫一些手無寸鐵的商人或農民，絕不可能有能力潛入一個國家、奪走國寶的啊。」

「而且，盜賊是不會去偷國寶的。」弓箭手也說：「因為賣不出去。雖然自己這樣說有點奇怪就是了，不過盜賊犯案的目的就是為了錢，像神聖法杖這樣的國寶實在是太顯眼了，誰敢買下來再轉賣出去啊？」

「有可能是某個瘋狂收藏家雇用他們去偷的啊。」女騎士有些不服氣地提出其他可能。

「就算是這樣，那法杖也不會現在才出現在這裡呀。」弓箭手說：「法杖被偷是上個月的事了，假如是有人委託盜賊去偷的話，應該會盡快把東西送到雇主那，而不是還在這裡閒逛偷襲別人，這根本得不償失好嗎。」

「嗯……」聽到弓箭手這麼說，女騎士不禁啞口無言。

「團長閣下，我反駁的原因是因為魔力的問題。」而就像接力似的，十字軍隊長很快地接上，「神聖法杖蘊含著強大的魔力，這股魔力會洩漏出來讓旁人察覺，我們也是靠著探測器才一路追蹤到這裡的。」

「然而，奇怪的是在法杖失蹤後，我們竟只能斷斷續續測到法杖的魔力，完全無法追蹤。」十字軍隊長又繼續說：「一直到三天前，魔力終於徹底消失。我們認為是竊賊用某種方式阻擋或吸收了法杖的魔力，而區區一個盜賊團應該沒有能力可以做到這一點，這也是為什麼我會指控義賊的原因。」

「唔……好像確實如此……」見到三人的證據都十分有說服力，女騎士的臉上也不禁露出了有些苦澀的表情。

「大叔說得沒錯，不過我們可沒偷喔。」

「是啊，我還是覺得是衛兵在搜查時，偷偷挾帶進馬車裡頭，之後再栽贓給我們說是帝國主使的，好作為開戰的藉口。」

兩人這麼說。

「哼，別開玩笑了。就算那群強硬派想發動戰爭，也不可能拿神聖法杖來冒險，這可是我國最神聖的東西呢。」十字軍隊長不以為然，「現在想想，也有可能是你們出城時，用了什麼手法阻擋或吸收了法杖的魔力，騙過探測儀，再挾帶出城的吧。」

「喔？大叔想打嗎？」

「我們可不怕你喔。」

「哼，面對這麼多人，就算是傳說中的義賊二人組，也不見得能全身而退吧。」

兩方又開始互瞪，一時間氣氛又變得緊張了起來。

「那個……」而就在這樣劍拔弩張的氣氛下，一個聲音輕輕地插入，「我可以說句話嗎？」

眾人看向聲音的來源，說話的人不是別人，正是教授。

「我想，我知道是誰偷走神聖法杖了。」教授淡淡地說出了這麼一句話。

「喔？教授知道是誰了？」

「真的嗎？不會又說是盜賊團吧。」

或許是剛才女騎士的推理被輕易推翻，讓兩個義賊懷疑地問道。

十字軍隊長也是一臉不怎麼相信的樣子。在場唯一相信教授的人，就只有女騎士。「是真的嗎？教授。」女騎士雙眼亮了起來，畢竟她的推理才剛被人駁斥，

「您已經知道真相了嗎？」

「說真相可能有些太誇張了。」教授說：「不過在聽了大家的推理後，我確實有了一些想法。」

「那就來說說看吧。」

「說說看吧。」

兩個義賊欣然同意，而十字軍隊長也點了點頭，示意教授說出推論。

「這個事件的謎團一共有兩點，是誰偷了神聖法杖？神聖法杖又是怎麼被帶

到這裡來的？」教授伸出了兩根手指頭。

「而這兩點又再帶出兩點問題，竊賊的動機是什麼？和神聖法杖是怎麼躲過搜查的？只要能回答這四個問題，這個事件就可以解決了。」教授又伸出了兩個指頭。

「嗯哼。」十字軍隊長不以為然地哼了一聲。

「那麼我想先從神聖法杖怎麼會被帶到這裡開始。」教授開始說起自己的推論。「首先，我們都同意神聖法杖和盜賊團無關。就如三位所說，盜賊團沒能力也沒動機去偷神聖法杖，也不太可能會是從其他盜賊那裡偷來的。就如剛剛兩位義賊所說，偷走神聖法杖的盜賊只會想要快點處理掉贓物，不會帶著它到處亂晃。」

「所以，神聖法杖是在這臺馬車裡被偷偷帶過來的，那麼緊接著是第二個問題，是誰將法杖放進馬車的呢？」教授繼續說：「然後，又是怎麼讓人無法探測到魔力，好躲過出城時的檢查的呢？」

「好了吧，你就直說了吧。」十字軍隊長不耐煩了起來，「究竟誰是偷走神聖法杖的竊賊？」

「除了兩位義賊和衛兵之外，還有一個人可以接近馬車而不被懷疑。」教授沒有理十字軍隊長，繼續說：「那就是女商人！」

眾人還沒有從教授丟出的這枚震撼彈回過神來，就聽到了「砰」的一聲巨大聲響。

大家回頭一看，只見女商人已經跑了出去。她腳上的靴子發著光，明顯就是某種魔導具，正以一種快如閃電的速度拚命逃向不遠處的森林。

眾人先是愣了一會，之後才回過神來。

「啊！她逃走了！」

「別逃！」

「可惡，躲進森林就不能騎馬了！」

眾人這麼大喊，兩個義賊率先衝了出去，而十字軍隊長、女騎士也緊跟在後。

「你們兩個跟我來，其他人在這邊守著。」女騎士衝出去時大喊著：「保護好教授！」

十字軍隊長的部下全員出動，人數已經夠了，因此女騎士一下子就做出了這樣的判斷。

「是！」女騎士的部下這麼回答，而教授見狀也只好留在原地。

直到太陽幾乎快要下山了，教授和女騎士的部下才看到十字軍隊長和女騎士一行人從森林走了出來。

兩人有說有笑，而後頭的士兵們也面帶燦爛的笑容。他們心情那麼好的原因也很明顯，因為女商人在後頭被人五花大綁地扛出來，嘴裡甚至還塞了一塊布，讓她無法說話。

「哎呀，沒想到隊長閣下把部下訓練得那麼好，真是讓我十分佩服啊。」

「哪裡哪裡，團長閣下的身手比起上一次比武大賽時又進步了不少啊，現在就連我都不確定是否能贏過妳了呢。」

兩人這麼說著。

女騎士的部下看到這一幕，高舉著武器發出歡呼聲，教授則是默默地站在後頭，看著這一切。

「啊，教授，別一個人站在那邊啊。」不過女騎士注意到了教授，向他招手示意他過來，：「您可是這次最大的功臣呢！」

「嗯，說得也是。」十字軍隊長也贊同道說：「教授，我要代表法皇國向您道謝，假如沒有您的幫忙，我們就無法將真正的犯人給逮捕歸案了，真是非常感激。」

「不用客氣。」教授說：「對了，那兩個義賊呢？」

「跑掉了。」女騎士嘆了口氣，「一進森林後就不見他們的蹤影，我讓兩個部下繼續搜尋看看，不過我想機會不大就是了。」

「哼，想必是一開始就計畫好的吧。」十字軍隊長冷哼一聲，「不過既然已經找回法杖，也逮捕了真正的犯人，我們的目的已經達成了，今天就先放他們一馬吧。」

「啊，隊長閣下，還有一件事。」見到法皇國的人紛紛上馬要準備離開，教授連忙說：「那個，我想女商人背後應該還有其他主使者……」

「嗯，我知道。」十字軍隊長深深點頭，「光憑她是不可能偷走神聖法杖的，只要她坦白把幕後黑手招供出來，我們就會負責保障她的人身安全，並向法庭說情，她應該可以留下小命，我以騎士的名譽發誓。」

名譽對騎士來說是最重要的東西，因此聽到十字軍隊長這麼說，女商人先是瞪大眼睛，隨後露出了思索的表情，似乎正在思考著利益得失。

「在回法皇國前，自己好好想想吧。」十字軍隊長對女商人這麼說後，又對女騎士和教授一行人告別：「那麼，請容我們告退了，闖入國境和協助尋回法杖並逮捕犯人這些事，請容我們事後再親自向貴國正式道及道謝吧。」

「知道了，一路順風。」女騎士這麼說，目送著十字軍隊長一行人騎馬離去。

「好了，時候也不早了，一半的人留在這裡收拾，順便等進入森林裡的那兩人回來。」女騎士對部下下令：「看情況今晚可能要紮營，得要辛苦你們了。」

「不會！」

「其餘的人隨我送教授回去。」女騎士走向馬車，用右手打開了車門，「那麼教授請吧，需要我幫您拿魔力探測儀嗎？」

「不，我自己來就好。」教授緊緊抱住魔力探測儀，像是在保護它似的，以這種詭異的姿勢上了馬車。女騎士也跟在後上車，並關上了車門。

「這次真的是十分謝謝您。」一上車，女騎士就立刻對教授再次致謝，「假如沒有你的大力幫助，事情恐怕會變得相當麻煩，甚至到一發不可收拾的地步。」

「嗯。」

「不過，請問女商人是怎麼蒙混過關的呢？」女騎士突然湊向前興致盎然地問。她靠教授十分之近，美麗端正的面孔占據了教授的整個視野，「她是用什麼方法騙過探測器，把法杖帶出城的呢？」

「是地毯。」見到女騎士這樣的舉動，教授只是淡淡地說：「剛到現場沒多久，就聽到女商人說地毯很珍貴，要戴上手套才可以碰，這讓我產生了懷疑。」

「地毯都已經掉在地上弄髒了，為什麼還要如此小心翼翼呢？更何況她說自己在趕時間。而且鋪在地上的地毯本來就是要用腳踩的，卻不能用手摸，這一點也十分奇怪。」教授繼續分析，「所以我推測，不是地毯珍貴，而是地毯摸起來的觸感會讓人起疑心，所以她才堅持一定要戴手套才能拿。」

「觸感？」

「是的。」教授點點頭，「其實十字軍隊長的猜測大致是正確的，女商人確實用了方法來吸收神聖法杖的魔力。只是用的不是魔法，而是魔導具——她將毛髮織入地毯，把地毯變成了定義上的魔導具。」

「毛髮？」聽到教授說到毛髮，女騎士先是愣了一下，之後露出了恍然大悟的表情，「啊，原來如此。女商人把人類的毛髮織入地毯，再用地毯將神聖法杖包起來，吸收掉魔力，才成功躲過探測器的啊。」

「是的，不過神聖法杖的魔力實在太強，就算是這樣也不能完全阻隔魔力。」教授說：「因此她又花了一個月製作更多地毯，才在三天前成功把魔力完全吸收掉，這就是她拖了那麼久的原因，不過這對她來說也有好處。」

「因為地毯那麼多，出城時不可能一一攤開來檢查，況且來往法皇國與帝國之間的商人那麼多，我想衛兵也只是匆匆地用探測器檢查有沒有魔力而已。」教授最後總結道：「這也是為什麼女商人不讓我們直接用手摸地毯，畢竟毛髮的觸感對我們來說太過熟悉，可能會引起懷疑。」

「原來如此。」女騎士露出恍然大悟的表情，但又緊接著問：「但她為什麼要偷神聖法杖呢？那明明不可能轉手啊。」

「這點我也只能推測了。」教授說：「不過我想這和女商人帶來的貨物有關吧。」

「貨物？」

「她帶了哪些東西，妳還有印象嗎？」教授提示道。

「嗯……有地毯、木桶、食物和……啊！」女騎士回想著，然後突然想到什麼似地大叫了起來。

「沒錯，她帶了大量的兵器。」教授點點頭，「在魔王已被討伐，武器普遍供過於求的狀況下，價格一直下跌，販售兵器是無利可圖的，那作為一個商人，她為什麼還要帶那麼多兵器進來賣呢？」

「沒有需求的話，那就創造需求就好了。」說到這，教授語氣變得冰冷，「把神聖法杖帶進帝國，製造法皇國與帝國的爭端，就可以藉機大撈一筆，就算爆發了戰爭也無所謂，因為那樣生意只會更好。不過這不是一個商人就能辦到的，因此我才推測是有更大的集團在背後指使，可能是某個商會或公會。」

「那個女商人是隸屬於武器商會沒錯。」女騎士若有所思，「不知道他們到時候打算怎麼栽贓給我們帝國？」

「他們找兩位義賊當護衛，我認為並非巧合，而是特意安排的。」教授說：

「可能是想利用義賊的名號，嫁禍給他們，就算不幸被搜查到也可以當代罪羔羊，就像十字軍隊長當初以為的那樣。」

聽到這裡，女騎士深深地吐了一口氣，「雖然不知道他們之後的計畫是不是真如你所說，不過能從中阻止實在太好了，這樣看來也許還要感謝盜賊團呢。」

教授沒有說話。

「好了，那麼謎團就全部解開了。」女騎士這麼說，並用雙手緊緊地握起了教授的手，「這都要感謝……」

「不，還有一個謎團還沒解開。」不等女騎士說完，教授就冷冷地把手抽回來。

「……什麼？」

「我說，還有一個謎團沒解開。」教授突然戴上了戒指。戒指中湧出了水流，水流幻化成龍的樣子，包圍住了女騎士。

「那就是……妳到底是誰？」教授這麼質問著對方。

女騎士沉默了一會，之後嘆了一口氣，「哎呀哎呀，輸了輸了。」

「女騎士」臉上露出調皮的笑容，頭上也冒出了一對耳朵，是對銀色的貓耳，後頭也出現了一條尾巴，優雅地蜷曲著。

女騎士……不，應該說化身成女騎士的女義賊這麼問：「你是怎麼發現的？」

「妳剛剛用右手幫我開門。」教授簡短地解釋：「但我們的團長閣下是左撇子。」

「什麼？」女義賊疑惑地問：「可是她是用右手拿劍……」

「右手握劍，那大概是軍隊的訓練吧。」教授繼續說：「假如妳有注意到的話，不只她，所有的士兵都是右手執劍，假如其中有人用左手的話，一定會互相碰撞。軍隊講求整齊劃一，我想她應該是從小就被這樣訓練的吧。」

「原來是這樣……」女義賊臉上露出了悔恨，那是在自己的得意領域被人擊敗才會出現的表情。

「團長閣下現在在哪？」教授又這麼問，同時水龍也張牙舞爪了起來，「妳把她怎麼了？」

「喔？教授先生想要威脅我嗎？」女義賊挑釁地反問：「難道教授先生覺得能贏過我嗎？」

「我大概打不過妳吧。」面對女義賊的挑釁，教授冷靜地分析，「不過拖住妳的腳步讓其他騎士逮捕妳，這大概是沒有什麼問題的。」

兩人互相瞪著對方，不過最後還是女義賊先讓步了。

「放心吧，你的團長安全得很，現在應該還在樹林裡追捕我的同伴吧。」她聳聳肩，「進到樹林裡就是我們的地盤了，要把人引誘開來，再混進敵方隊伍裡頭，對我們來說都是輕而易舉，而要偽裝成誰來騙人，這對我們來說更像是基本的職業技能。」

「這樣啊……」聽到女義賊的話，教授稍稍安心了一點。

「喔？你相信我嗎？」女義賊看到教授的反應，有些詫異地問：「雖然我自己說有點那個，但我可是個賊喔，不過是義賊就是了。」

她在義賊這個詞特別加重了語氣。

「假如妳有什麼私心的話，進入森林後直接逃走就好了吧。」教授說：「我想，妳應該是對這起案件的真相很好奇，才不惜化身成團長閣下的樣子，也想要問我吧？」

「嗯，貓就是這種生物嘛。」女義賊這麼回答，而這無疑是同意了教授的推測。

「妳是用什麼方式讓自己變得和團長閣下一模一樣的？」教授又這麼問。

「這個是能完全化身成另一個人的魔導具，不只外表，連衣服、裝備都可以。」女義賊半露酥胸，從傲人的雙峰之中拿出了一個墜子，「對我們的工作來說很方便呢。」

儘管做出動作的是女義賊，但此刻她的外表看起來就和女騎士一模一樣，這讓教授不由得避開了視線，水龍的動作也很明顯地變慢了一些。

「喔？」見到教授的反應，女義賊彷彿知道了些什麼，露出了不懷好意的笑容，惡作劇般地問：「難不成……教授先生對這種很不行嗎？」

「……妳想太多了。」

「哼哼，教授先生雖然很適合當偵探。」女義賊雙眼發光，就好像是看到了新的玩具一樣，「但完全不能當壞人呢，說謊的技術太差了。」

「唔……」

「好啦，來嘛來嘛，難道教授先生討厭我嗎？」

女義賊突然裝出受傷的表情這麼說，只不過用的還是女騎士的外表，這讓教授難以招架。

「咦？仔細一看，教授先生其實長得也不錯，是我喜歡的類型呢……」說到一半女義賊卻自己停了下來，她的耳朵抖動了一下。

「唉，看來今天就只能到此為止了。」她看了教授一眼，突然沒頭沒尾地這麼說：「她的動作比我想像的還要快上許多呢……還是，是因為教授先生呢……」

教授立刻提起戒心，舉起了戒指，圍繞在女義賊周圍的水龍也逐步進逼。

「妳想做什麼？」教授揚聲說：「別輕舉妄動，否則我就要動手了。」

面對教授的威脅，女義賊卻毫不在乎，而是自顧自地往下說：「教授先生，你替我們洗刷了偷竊神聖法杖的冤屈，我們相當感激，義賊的第二信條——不管是恩是仇，都要百倍報答。這份恩情我們將來一定會報答的。」

女義賊這麼說完，就靈巧地躲過了水流的包圍，一下子就竄到車門旁，打開車門跳了出去。整串動作一氣呵成，讓教授猝不及防，只來得及跑到車門前，目送著女義賊遠去。

「唔哇！團長？」

「團長怎麼了？」

「等等，為什麼團長會有獸耳和尾巴？好可愛！」

女義賊一跳出去，立刻引得外頭的騎士們大叫，整個隊伍也停了下來，變得一片混亂。

「不對！那不是我！」這時從遠方傳來女騎士的聲音。

騎士們回頭一看，驚訝地發現自己的團長正騎著馬，從後方趕來。

「那是義賊假扮的，快點抓住她！」女騎士大喊。

然而女義賊矯捷地在人群間穿梭，趁騎士們還沒回過神來時，衝進一旁的樹林裡，一下子就不見蹤影了。

而女騎士和其他人這時才騎馬趕上了隊伍，女騎士騎著馬，來到馬車旁。

「可惡，被她跑掉了……」女騎士先是這麼憤恨地說，之後又連忙轉頭問教授：「教授，你有受傷嗎？」

「沒事。」教授搖搖頭，「反倒是你們那邊沒事吧？」

「是的。」女騎士點點頭。她的雙頰潮紅，除了剛才趕路，所以有些氣喘吁吁的關係之外，還有一部分也是因為不好意思。

「這次完全中了對方的計。」她用手背拭去額頭上的汗珠，「不過話說回來，剛剛好像在我們追上來之前，義賊就打算要逃走了是嗎？」

「是的。」教授點點頭，「雖然識破了對方的真實身分，不過我認為她沒有惡意，所以本來打算將計就計，但還是讓義賊逃走了，真是不好意思。」

「不，不好意思的是我們這邊才對。」聽了教授的話，女騎士有些驚訝，「不過您居然能識破對方的偽裝，真不愧是教授啊。」

畢竟除了教授，在場所有人當中，就連自己的部下都沒發覺女騎士是女義賊偽裝的。

「不，那是因為對方偽裝的是妳，我才能識破。」教授搖搖頭。

「咦？」聽到教授這麼說，女騎士的臉猛然變紅了，而這次變紅的原因就和氣喘吁吁或不好意思沒有關係了。

「這、這是什……什麼意思？」她有些結巴地這麼問。

「喔～團長臉紅了呢。」

「咻咻，沒想到團長也有這種少女心啊。」

「臉紅紅的團長也好可愛。」

然而教授還來不及解釋，一旁的騎士們見到團長的反應，便起哄了起來。

「你們……別太胡鬧了啊！」女騎士大吼著：「居然沒人察覺到那個人不是我？看來最近太散漫了啊，回去後每個人都給我繞帝都跑三圈！」

「誒～怎麼這樣！」

「是在遷怒嗎？」

「不，是想要掩飾害羞吧，好可愛。」

騎士們嘻皮笑臉地你一言我一語。

「……看來再多加一圈好了。」女騎士板起臉，但耳朵還有點紅紅的。

「好了。」她又轉過身面向教授，「真是不好意思，不只讓你看到我和部下這副樣子，還耽擱你那麼多時間，我送你回去吧。」

「嗯。」教授點點頭。

女騎士上了馬車，用左手關上車門，馬車隨即就又開始轆轆行駛起來。

「啊，對了，還有件事。雖然你可能已經累了，不過可不可以說明一下你是怎麼發現女商人是竊賊的。」女騎士說：「她是怎麼通過檢查、動機又是什麼，另外更重要的……」

說到這，女騎士的眼神變得銳利，「那隻偷腥貓，變成我的樣子的時候對你說了什麼、做了什麼，這些也請務必要告訴我。」女騎士加強了語氣，「下一次再讓我遇到，我一定會……嗯？怎麼了嗎？」

「……沒事。」教授的嘴角忍不住微微上揚，再一次地說起了自己的推理，「那麼，這得要從一開始到現場時，女商人所說的一句話開始說起……」

Lesson 3

殺妻？弒母？復仇？

「好，今天就上到這裡。」教授站在講臺上宣布：「假如沒有其他問題的話，就請各位回去預習第206到225頁，有關魔力不滅定律的內容，下課。」

教授一說完，學生們就騷動了起來。明天是假日，而這是今天的最後一堂課，他們悠哉地站起身，開始聊起了天。

「累死了、累死了。」

「你聽說了嗎？城東區的那棟『鬼屋』要拆了。」

「魔力不滅定律？那是啥？」

學生們聊天聊得正開心，因此當他們聽到門被打開的聲音時，只有幾個人下意識地抬起頭，看向了門的方向，其他人則是繼續開心地聊著天。

「等會要去哪？」

「是啊，話說早該拆了。」

「魔導具那堂課提過的啊，哇～你考試完蛋了。」

「咦？」這時有人發出了訝異的聲音，引得其他人不禁好奇地問：「怎麼啦？發生什麼事了？」

「教授他……」被問到的學生這麼回應。這時大家才發現，以往總是最後一個出教室的教授，今天卻早早就拿起公事包，離開了教室，留下空蕩蕩的講臺，只聽到他的腳步聲在外頭逐漸遠去，越變越小。

「咦？教授怎麼先走啦？」

「對呀，怎麼回事？」

「這好像還是第一次耶！」

學生們不禁這麼議論了起來。儘管學生們七嘴八舌地討論，這些話教授當然沒有聽到。

教授漫步在學院外頭的帝都街道當中。

夜晚的帝都有一種特別的氛圍，離開學院所在，學術氣息比較濃厚的城南區後，教授來到了繁華的城東區。

城東區正對著鄰國法皇國，因此相當熱鬧，光是從往來行人身上所穿的高級服裝就可以感受到這裡的興盛，而街道兩旁也都是一些華麗的服裝店、高級魔導具骨董店和富有異國情調的商店。

教授感覺肚子有些餓了起來，於是加快腳步，右轉走到了另一條大道上。這裡是高級餐廳區，餐廳門口都站著臉帶高傲表情的領班，戶外的用餐區坐著身穿名貴服飾的紳士和貴婦們，優雅地啜飲著紅酒，享用著高級料理。

但教授並沒有停留，而是一直向前走，快步經過了那些餐廳。

當教授總算停下腳步，在他面前的是一間鬧哄哄的小酒館，裡頭傳來了吵雜的笑罵和粗俗的談話聲，和旁邊的高級餐廳形成了強烈對比。然而教授卻毫不猶豫地推開門，走了進去。

酒館裡頭的客人都是些身材高大的冒險者或傭兵，人人都手拿酒杯大聲談笑喧嘩，聊著自己的冒險經歷和傳奇故事，幾乎沒人注意到教授進來。

教授坐在一張空桌前，將公事包小心翼翼放在腿上後，才向穿著清涼的女服務生說：「不好意思，請給我一杯麥酒。」

「好的，一杯麥酒。」女服務生元氣十足地朝這廚房裡頭喊道，很快便拿了一杯麥酒給教授。

教授才剛拿起酒，就聽到有一個聲音對他說：「不好意思，我遲到了。」

教授一抬頭，在他眼前的不是別人，正是女騎士。

女騎士的打扮和以往不同，先前教授總是看到她身穿盔甲、執行勤務的樣子，不過此刻她穿著輕便，打扮得就像周圍的女冒險者一樣，穿著短上衣和短褲，並披著披風，大方地露出大片肌膚和玲瓏有緻的姣好身材。腰間繫著一把長劍，更是襯托她的修長美腿，讓周圍的男性都忍不住瞄上幾眼。

「等很久了嗎？」她這麼說：「不好意思，明明是我約你的，卻還讓你等。」

「沒有，我也才剛到。」教授頓了一會，才回答：「妳今天的打扮很好看。」

「唔……」聽到教授這麼說，女騎士微微紅了臉，但很快便輕快地說：「謝謝。」

或許是在私人場合見面的原因，女騎士並沒有以往那種距離感，兩人的言談互動變得十分親近，這讓教授感覺很輕鬆。

「這是妳的便服嗎？」他這麼問。

「算是吧，畢竟穿騎士團盔甲來這種地方的話也太煞風景了。」女騎士拿了一份菜單問道：「你點菜了嗎？」

「還沒……」

「那樣的話，我推薦烤肉排和海鮮炸物拼盤，都是這家的招牌菜。」女騎士指著菜單上的兩道菜。

「就照妳推薦的吧。」

「是嗎？那麼……不好意思，我要點菜。」

女服務生立刻小跑步過來，並二話不說遞了杯酒給女騎士。女騎士很快便點好菜，在教授身旁的位子坐定。由於酒館內十分擁擠，女騎士和教授幾乎可以說是緊貼在一起，就算隔著一層衣服，教授也能感受到她的體溫。

教授拿起酒杯，和女騎士輕輕互碰一下杯子，喝了一口酒。

「妳很常來這間酒館嗎？」教授問：「感覺那個服務生和妳好像很熟的樣子。」

「是啊。」女騎士點頭，「我還是見習騎士的時候就很喜歡這裡了，這邊不但食物好吃、價格親民，而且總是相當熱鬧，還能夠接觸到市井小民，我滿喜歡這種氣氛的，只可惜這幾年因為戰爭的關係很少來了，教授是第一次來這裡嗎？」

「嗯。」教授點點頭，「我還不知道繁華的城東區居然也有這種酒館。」

「從法皇國來的商隊護衛和冒險者在任務結束後，往往都會來這裡吃飯。」女騎士這麼說：「所以儘管附近的居民很討厭這間酒館，抱怨說把格調都拉低了，它還是能在城東區經營下來，並被稱為兩大城東之恥……敬城東之恥！」

「敬城東之恥！」周遭的酒客不約而同地都這麼說，語氣中帶著自豪，同時舉起酒杯一飲而盡。

教授見狀也忍不住微笑了起來，學著旁邊的人舉起杯子一口喝乾。

「兩大城東之恥？」喝完了酒之後，教授繼續問。

「嗯，另一個就是這裡的鬼屋了。」女騎士回答。

同時間，女服務生又迅速端來一堆裝滿酒的酒杯分發給眾人，女騎士眼明手快地拿了兩杯，並遞了一杯給教授，「說到那間鬼屋，和我也有點關係。」

「喔？」聽到女騎士這麼說，教授不禁起了好奇心，「可以說給我聽聽嗎？」

「好啊，不過這個故事很長就是了。」女騎士開始講述：「離這裡兩條街不遠的地方，住著一個魔法師名門後代的男爵家族，成員有男爵、男爵夫人、長子、長女和一男一女兩個僕人。

「在一個下著大雨的晚上，男爵家的男僕跑到騎士團的營舍來，說男爵夫人被發現已經猝死了。」女騎士喝了一口酒，看向遠方，像是陷入回想當中，「那是我剛升上團長碰到的第一個案子，我當下立刻帶著人馬前去展開調查。

「到了現場，男爵家的人已經在等候著了。」女騎士繼續往下說：「我們被帶到浴室，男爵夫人的屍體就躺在浴缸裡頭，浴缸裡頭還有水，死的時候似乎在泡澡。我們立刻進行檢查，確認了男爵夫人的死因。

「死因是電擊。」女騎士很快地說：「男爵家的人提到，說稍早的時候有打雷，而且還很多次，因此認為男爵夫人是被雷打死的，這卻引起了我的懷疑。」

「喔，這是為什麼呢？」教授問。

「因為所有人的說法都一模一樣，聽起來實在太像串供了。」女騎士解釋：「於是我還是展開了調查，確認是否有他殺的可能。

「據附近鄰居所說，那天晚上確實有打雷，而且還打很凶。然而當調查過屋子附近的環境後，我發現可疑之處——那就是屋子附近，不管屋頂還是地面，都沒有被雷打中的痕跡，這就讓男爵夫人之死有了疑點。」

女騎士敘述至此，教授也不禁聽得有些入迷了，儘管剛剛已經喝完一杯，但他還是下意識地拿起了酒杯喝酒。

「在這種情況下，家人的舉動就顯得十分可疑，他們好像不打算繼續深究男爵夫人真正的死因，反而希望能趕快結案。」女騎士皺起眉頭，「因此我對他們做了一些調查，意外發現許多人都有殺人動機。」

「你們的烤肉排和海鮮炸物拼盤來囉。」這時女服務生突然端著兩個大盤子走了過來，並又拿來了一盤麵包和乳酪，「來，這個是招待的，情侶選擇在這裡約會還真是少見呢，老闆說要特別招待一下。」

「咳、咳咳……」聽到女服務生這麼說，教授差點沒被酒給嗆到，連連拍胸。

而女騎士更是陷入了混亂。她滿面通紅，結結巴巴地說：「情情情侶？我我我們看起來像嗎？」

兩人還沒來得及解釋清楚，一旁就有人大喊：「喂～小姐，我們這裡要點菜。」

「知道了，馬上過去。」女服務生大聲地回應，隨後又對兩人說：「那麼以後要常來喔！」

說完她就迅速跑到隔壁桌服務，留下氣氛有些尷尬的兩人。

「……」兩人一時間不知道該說些什麼，陷入了尷尬的沉默，與一旁大聲歡笑的客人形成強烈對比。

「那個……」為了打破沉默，兩人竟很有默契地一起開口。

他們互看了一眼。

「抱歉……」

「不、不好意思。」

教授和女騎士先各自道歉，之後又異口同聲地說：「你／妳先說吧。」

聽到對方這麼說，兩人不由得又停了下來看著彼此，最後——

「呵呵。」

「噗哧。」

兩人忍不住一起笑了起來。

「哈哈哈……」

「啊哈哈……」

「哈哈，不好意思，不過剛才真的是很有默契呢。」女騎士笑著說：「呼……這裡好熱喔，好像變熱了，你覺得呢？」

女騎士一邊這麼說，一邊微微拉開衣領搧風，露出白皙的肌膚。一股淡淡的薰衣草香從女騎士身上傳了過來。

「是啊。」教授點點頭，「對了，妳剛說對男爵一家人做了些調查，是什麼呢？」

「啊，是的。」聽到教授這麼問，女騎士先是一口氣把酒全部喝完，才接續下去說：「男爵本人是個有名的花花公子，那時雖然已經四十多歲，但仍相當英俊，因此常有外遇之類的傳聞，據說夫妻之間已經為此爭吵很久了。」

「為什麼不離婚呢？」教授這麼問。

「那是因為男爵家已經衰敗了。」女騎士越說越順，「男爵夫人的娘家是有錢的商人，沒有夫人的援助，男爵根本無法生活。而男爵夫人本身個性也相當強勢，不願因此提出離婚。」

「長子呢？」教授說：「他的動機是什麼？」

「長子是個典型的大少爺，和父親不同，他有名是因為『賭』。」女騎士回答：「稍微調查了一下就發現，長子在外頭欠下了大批賭債，還被許多賭場列入黑名單。為了還債他不斷向家裡要錢，因此和掌控男爵家財政的媽媽處得相當不愉快。」

「那麼長女呢？」教授問：「她也有什麼惡習嗎？」

「與其說惡習，倒不如說是母親的問題。」女騎士進一步說明：「長女在外頭似乎有個男朋友，兩人關係非常好，甚至已經到了論及婚嫁的地步，但不知為何男爵夫人不喜愛那個男朋友，堅決反對兩人在一起。長女的個性就像媽媽，相當強勢，兩人的關係就這樣急速惡化，甚至可以說是到了怨恨彼此的地步。」

「原來是這樣。」教授點點頭，「那兩個僕人也有嫌疑嗎？」

「說到僕人，女僕是沒發現什麼。」女騎士說到這，先是頓了一下才繼續說：「可是男僕就值得一提了。男僕是獸人族，乍看之下沒有什麼問題，但仔細調查後才發現到男僕曾經因為一些金錢上的事，和男爵夫人家有不小的過節，所以也不能排除男僕到男爵家工作是為了復仇。」

「喔？」聽到這裡，教授已經完全被勾起興趣了，「那麼最後呢？有找到凶手嗎？」

「沒有。」說到這女騎士垂下了肩，頹然地說：「這是我的第一個案子，也是我的第一個懸案，可說是我職業生涯中的一個汙點……當初雖然找到了每個人的動機，卻都沒有證據，因此無法證明。」

「後來由於騎士團和魔王作戰，沒有餘力繼續調查下去，只能草草結案。」女騎士嘆了口氣，「男爵夫人死後，男爵也在隔年神祕病死。而長子雖然獲得了大筆遺產，卻又揮霍無度，很快就全部在賭場賠光，為了還錢兼逃債，他自願投入軍旅，最後死在了戰場上。

「至於長女，在母親死後雖然順利和男朋友結婚。但為了躲避魔王軍，她賣掉房子，想要搭船逃到別國去，不過搭乘的船卻發生了船難，她也在船難中失蹤，至今仍生死未卜。而兩個僕人後來也神祕失蹤，不知下落。」

「所以，鬼屋的傳言……」教授說。

「是的，由於這一連串的事情，那棟房子後來就被稱為鬼屋，沒人敢去住。」女騎士拿起一塊麵包，「歷經多次轉手，最後確定明天要將其拆除，重建一棟新的房屋，恐怕這起案件的真相永無水落石出的一天了吧。」

說到這裡，女騎士偷瞄著教授，臉上露出期待的表情。

教授知道女騎士是希望他能在拆除前去調查，看看能不能找出線索。

「我們吃完後就去看看吧。」教授允諾，同樣也拿起炸物，開始吃了起來，「或許能找到什麼線索，還有這真的還滿好吃的。」

「對吧，這邊的菜都很適合下酒呢。」聽到教授這麼說，女騎士露出了得意的笑容，拿一塊肉排放在麵包上頭，同樣吃了起來，又對女服務生說：「不好意思，再給我們這邊兩杯麥酒！」

吃完飯後，兩人來到了鬼屋。

鬼屋是一棟兩層樓的透天獨棟建築，坐落在住宅區當中，和兩旁的住宅相比，因為年久失修，顯得破敗許多。

院子裡雜草叢生，牆壁上也布滿爬牆虎，因為明天就要拆除，門口放了許多工具。但在這樣荒廢的外表之下，還是可以從屋頂上的滴水嘴獸和典雅的建築樣式，依稀看得出它曾經有過一段輝煌的歲月。

「這裡就是鬼屋了。」女騎士率先走了進去，「沒想到那麼久沒來，這裡居然還是一樣……教授，請小心腳下。」她動作俐落伸出了手，扶住教授。

「唔，謝謝。」教授一手提著公事包，另一手握住了女騎士的手，搖搖晃晃地跨過放在地上的工具。

他已經有點醉了，剛才在酒館裡和女騎士邊吃邊喝，聊得十分開心，結果不小心有點喝多了。女騎士的酒量出乎意料地好，因此他當下也沒察覺，等到發現桌上都是空酒杯時已經來不及，差一點就要靠女騎士背著才能過來了。

以後可千萬不能和女騎士拚酒，他在心中這麼告誡自己。

「還可以嗎？」女騎士有些擔心地說：「需要喝點水嗎？」

「謝謝。」教授接過女騎士遞來的水壺，喝了一口，意外發現裡頭裝的是蜂蜜水，清涼的蜂蜜水讓他腦袋清醒了不少，觀察四周後說：「這裡實在太暗了……妳看得清楚嗎？」

「是的。」女騎士神色自若地說：「騎士團的訓練有夜視這個項目，畢竟晚上還是有可能需要作戰，教授呢？」

「完全看不清。」教授苦笑著搖頭，「近的還好，遠一點的東西就十分模糊，只剩下輪廓了。」

「這樣的話，那接下來都請牽著我的手吧。」女騎士這麼判斷，緊握住教授的手。

假如是平時，教授可能會有幾分猶豫，但現在一方面他還微醺著，另一方面也是真的有需要。

「唔嗯，謝謝，不好意思，給妳添麻煩了。」他毫不猶豫地緊緊回握住了女騎士的手。

「沒事，我其實也不討厭……」女騎士說著說著，聲音越變越小聲。

假如教授能看清楚的話，他就會看到女騎士的臉有些變紅，也許就會理解到什麼。然而非常遺憾，此刻的他什麼都沒有看到。

「浴室在哪邊？」他這麼問。

「在二樓。」女騎士有點失望，但還是很快地回答，並打開門帶頭走了進去，「小心腳下，這裡雖然沒有鬼，但畢竟還是荒廢很久了。」

兩人爬上了樓梯到了二樓，這裡有五間房間，其中四間房間兩兩相對著，而第五個房間則是在走廊的盡頭，房門都緊緊地關著，看不到裡頭的樣子。

「左邊兩間是長女、長子的房間，右邊兩間則是男爵和男爵夫人的房間。」

女騎士說明：「而走廊盡頭的就是浴室了。」

教授和女騎士一邊討論，一邊在這條長長的走廊上走著。

「男爵和男爵夫人是分房睡的嗎？」

「嗯，畢竟他們感情不好嘛……對了教授，我有一個問題，雖然騎士團偶爾也會有討伐幽靈的任務，但幽靈到底是什麼啊？為什麼要攻擊人呢？」

「啊啊，這是一個很常見的誤解。」教授說：「幽靈和靈魂其實是不一樣的。」

「……什麼？」

「人或任何生靈死後變成的是靈魂，靈魂並沒有危害人類的能力。」教授講解：「老實說，我們目前對靈魂還不太了解，只有一些觀測記錄和間接證據，也沒有和靈魂溝通的方法，坊間那些通靈術其實都是假的。」

「喔？」

「而幽靈，則是一種魔物。」教授繼續解釋：「是一種純粹由魔力構成的魔物，可以模仿記憶中死去的人的模樣，而它們之所以攻擊人，其實是要掠奪魔力。不過這間房子裡並沒有幽靈，要不然附近的居民早就被攻擊了，所以把這裡叫鬼屋實在太誇張了。」

「原來如此……啊，就在這裡。」說到這，女騎士停下來打開了門，兩人一同走進了浴室。

浴室十分狹小，兩人走進去後自然肩並肩緊貼在一起，幾乎連轉身都不能，於是女騎士不以為意地挽住教授的手臂支撐著他，開始說明了起來。

「男爵夫人當時就是倒在這裡。」女騎士邊指邊說明：「原本這裡還有一面擋板，擋板後面才是浴缸，浴缸上頭還有一個可以供水的魔導具，不過看來他們已經把所有值錢的傢俱都搬走了……教授，你臉好紅，還好嗎？需要再喝點水嗎？」

「……我沒事，謝謝關心。」教授感受到女騎士身上某個特別柔軟的地方正壓在他的手臂上，不過女騎士似乎沒有他意的樣子，他也不好多說什麼。

「那先來檢查一下吧。」教授放下公事包，拿出魔力探測儀。

在女騎士的幫助之下，教授將魔力探測儀放到了浴缸上頭，開始檢查。魔力探測儀發出了淡淡的鵝黃色光芒，指針也若有似無地微微抖動著。

「檢查結果怎麼樣呢？」女騎士湊到教授身旁，有些緊張地問。

「雖然很微弱，但確實有電系魔法的痕跡。」教授點點頭，給出了肯定的答案，「男爵夫人是被殺害的沒錯。」

「果然如此。」女騎士深深地嘆了一口氣，語氣中百味雜陳。一方面是自己的懷疑獲得了證實，讓她有種被肯定的感覺，但另一方面也因這起案件不是意外，而是一起凶殺案，感到有些哀傷和憤怒。

「假如當初有這臺機器的話，就有足夠的證據能繼續偵辦下去了。」女騎士不由得這麼說。

教授拍了拍女騎士的肩，算是一種安慰，又接著問：「那個供水魔導具有檢查過嗎？上面有沒有什麼機關或陷阱之類的？」

「我們拆回去給幾位專業的魔法師檢查過了。」女騎士搖搖頭，「但他們說那只是單純的供水魔導具，不能使用水系以外的魔法，也沒有什麼奇怪的地方。」

「唔……」教授想了想，「那當初發現男爵夫人屍體的時候，現場有沒有什麼其他不尋常的地方。」

「嗯……沒什麼特別的。」女騎士先是回想了一下，之後這麼回答：「硬是要說有哪裡奇怪的話，我們在男爵夫人的換洗衣物中找到了一根法杖。雖然很不尋常，但和案件好像沒什麼關聯……」

「了解。」教授點點頭，「二樓是家庭成員的房間，那傭人是睡在一樓嗎？」

「是的。」女騎士說：「除了傭人房之外，其他像是廚房、客廳、書房等等都是在一樓。」

「那我們去一樓看看吧。」教授這麼說：「我想看看傭人房。」

兩人離開了浴室，下樓梯來到一樓的傭人房。

傭人房只有一間，而且不知道什麼原因，裡頭十分凌亂，簡直就像是剛打過仗一樣。房間裡頭有著垮掉的廉價傢俱，牆壁也破了一個大洞，裡頭的管線都露了出來，甚至可以從破洞直接看到隔壁房間。

「唔……這也太慘了……」看到眼前這片淒慘的樣子，女騎士不禁這麼說。

兩人走進傭人房，女騎士環顧四周嘆了口氣，「以前這裡雖然沒有說特別華麗，但至少還算是乾淨整齊的……咦？」

她突然發出了疑惑的聲音並蹲了下來，從一個看起來是櫃子的殘骸底下抽出一張白色的東西。仔細一看才發現是一張破紙片，紙片已經汙損，雖然在昏暗的環境下看不清楚，但還是依稀可以看出上頭有寫字。

「教授，麻煩你。」女騎士這麼說。

教授知道她的意思，於是低聲念了一段咒語，隨後一顆光球從教授手心浮現，照亮了房間。藉著光球的光，女騎士看起了紙片上的文字，然而看著看著，她的臉色卻變得凝重了起來。

「怎麼了嗎？」看到女騎士的反應，教授不禁問道。

女騎士沒有說話，默默地將紙片遞給教授。教授接了過來，迅速地瀏覽一遍。

由於有破損和汙漬，部分的內容已經無法閱讀，但還是可以從剩下來的部分看出這是一封情書的前半段。

情書的內容寫得十分濃情蜜意，可以充分感受到作者的熱情和心意，另外還有一點比較特別的是，兩人所談的似乎是禁忌之愛。因為作者一直提到要忍耐躲藏，並不斷保證只要過一些日子後，就能永遠在一起。

作者的名字已經不見了，收件者的名字雖然還在，但很明顯的是暱稱並非本名。「這是……長女的情書嗎？」教授說：「怎麼會出現在傭人房裡？」

「這個筆跡假如我沒記錯的話，是男爵的手筆。」女騎士搖搖頭，「他在每一句話的最後一個字都會習慣加上一點，是個很明顯的特徵。」

聽到女騎士說這是男爵寫的情書，教授似乎了解到了什麼。果不其然，女騎士又緊接地說：「然後這個暱稱，在男爵夫人死後，我曾經聽到他用這個名字叫過女僕！」

「也就是說……男爵的偷情對象是女僕囉。」聽到女騎士這麼說，教授不禁瞪大了眼。

「恐怕是的。」女騎士輕咬下唇，似乎很不甘心的模樣，「這樣一來，全部的人都有殺害男爵夫人的動機了，女僕有可能是因為嫉妒而殺死男爵夫人……」

教授沒有說話，只是默默地把紙片還給女騎士，畢竟這可能是這起懸案的重要證據。

「教授，我們再回二樓好嗎？」女騎士收起紙片，「我想，我大概已經拼湊出這起案件的真相了。」

兩人又回到了浴室。女騎士看著眼前空無一物的空間，像是回想起那天的場景，開始敘述自己的推理起來。

「我想凶手是趁男爵夫人泡澡的時候偷襲。」女騎士說：「由於男爵家習慣輪流梳洗，每個人都有固定的沐浴時間，還沒輪到時通常會待在自己的房間裡，因此這個時間偷襲的話可以確保沒有目擊證人。

「凶手打開門，使用魔法或魔導具，對正在泡澡的男爵夫人使用電擊魔法。」女騎士繼續說：「男爵夫人可能事前也已經察覺到了一些徵兆，因此才帶著法杖進浴室，想要以此來防身，但被人偷襲還是一時間措手不及，不幸喪命。

「由於當時外頭雷雨交加，所有的聲音就被掩蓋掉了。」女騎士最後下了結論，「凶手殺害男爵夫人後，便迅速躲回自己的房間，等其他人發現屍體時再假裝一無所知。可惜的是這樣還是不知道凶手是誰……我的推理正確嗎？」

教授沒有說話，而是先來回看了一下浴室，之後才緩緩地開口。

「不對。」教授語出驚人地說：「妳的推理有個漏洞。」

聽到教授這麼批評，女騎士有些驚訝：「真的嗎？請問我剛才的推理有哪裡錯誤呢？」

「這裡的空間太小了，當時還有擋板。」教授一邊解釋一邊做出動作，「假如凶手想要用妳剛才說的方式殺害男爵夫人的話，必須離男爵夫人非常近，這樣很有可能接觸到男爵夫人潑出來的水，或潮溼的地板而觸電。」

「啊……」女騎士這才發覺到自己的盲點，有些垂頭喪氣，「可惡……我還以為一定是這樣……」

「其實還有一個方法。」教授突然接下去說：「可以不用進入浴室，也能讓男爵夫人觸電。」

「真的嗎？凶手到底是怎麼做到的？」女騎士問：「是怎麼在不在進入浴室的情況下，用電擊魔法將男爵夫人殺害呢？」

「這間浴室的格局設計，其實是有緣故的。」教授環視這間浴室，「這叫魔法房，是以一個魔法或魔導具為中心，所有設備和配置都是配合其運行或施展效率而設計的房間，是一種古老的魔法形式，現在已經很少見了。

「現在大多數的室內設計都會設置多個魔導具，不過看來男爵家是走古典風。」教授繼續說：「我想或許是為了節省空間吧，他們在這裡應用了魔法房的概念。總而言之，可以把這間浴室視作一間魔法房，中心當然是那個水魔導具。」

教授的推理逐漸來到核心,「魔導具會產生水,但洗澡後還是需要處理,不然浴室就會淹水了,因此需要……」

教授手一指。女騎士順著他手指的方向,看向了浴室的排水孔,「排水管!」

「是的。排水要經由排水孔,那必然就會有管線。這也是為什麼他們會說男爵夫人是被雷擊電死的,最高明的謊話就是要立足於事實之上……這裡的排水管線是怎麼設計的?」

「我記得……是埋在二樓的地板裡,流經每個房間後才排出屋外。」女騎士回答:「當時為了確認他們的證詞,我們找來房子的設計圖,請建築師仔細研究。那個建築師說這是以前的勇者從故鄉帶來的設計方式,好像是在冬天時,可以利用排出的熱水保暖。」

「原來如此。」教授點頭,「我聽說曾經有人在打雷的時候洗澡,結果雷電擊中水管,電流順著水管導入浴室使人觸電。我想凶手應該也是用了相同的原理,只要挖開地面,對管線施以威力足夠的電擊魔法的話,電流就會順著管線來到源頭也就是浴缸,即可在不進入浴室的情況下殺害男爵夫人。

「之後只要將地板復原,凶手可能是使用了土系魔法。」教授又這麼推測,「要掩蓋復原的痕跡也很簡單,使用床、櫃子之類的大型傢俱就行了。而且沒人想到有這種手法,不但不容易被察覺,在調查的時候也很有可能被忽略。」

「那麼凶手到底是誰呢？」女騎士點點頭，又問：「管線流經整棟屋子，所有人還是一樣都有嫌疑。」

「從動機推斷，我想有一個人的嫌疑最大，可能是這起案件的真凶，不過……我想要等有證據後再指認。假如凶手就是該房間所有者的話，那間房間裡的管線魔力殘存量一定最高。」教授說。

「好的，那我們就一一檢查吧。」女騎士這麼說：「不過教授，你可以先透露一下鎖定的真凶是誰嗎？」

教授想了想，說出了真凶的身分。女騎士聽完後不禁張大了眼，但隨後就露出恍然大悟的表情。

兩人走出了浴室，開始討論要從哪裡開始檢查。

「我認為一樓的傭人房不太可能會是犯罪現場。」教授這麼說：「一方面是離浴室太遠，需要的魔力量太多，另一方面那是兩人同住的房間，很難避人耳目犯案，假如其中一人是凶手的話，另一人就一定是共犯或至少知情。不過這種事當然知道的人越少越好，多人犯案的可能性不高。」

「我知道了，那我們檢查二樓吧。」女騎士點點頭。

兩人首先走進了男爵的房間。就和其他房間一樣，裡頭已經空無一物，不過從牆壁上印著家徽的壁紙，還是可以看出以前的主人很重視自己的家族。此外，房間裡還有一扇落地窗面向著外頭，外頭還有一個小陽臺。

「正下方就是傭人房呢。」教授似乎想到了什麼。

「……你覺得這是男爵為了方便溜出去和女僕幽會嗎？」女騎士走上前，推了推落地窗。

落地窗已經生鏽，發出了嘎吱嘎吱的聲音，在這片寂靜中顯得相當刺耳。由於聲音實在太刺耳，女騎士停下了動作。

「也許吧，很多細節現在已經不可考了，我們唯一能做的就是盡可能拼湊出最接近真相的推理。」教授拿出魔力探測儀，「好了，就讓我們開始吧。」

男爵房間窗戶前的地板已經裂開，露出了裡頭的管線，教授將魔力探測儀靠近，開始進行測試。

魔力探測儀發出了鵝黃色的燈光，指針也在微微顫抖著。

「和浴室裡測到的數值差不多。」教授說：「不過有可能是這裡離浴室很近的緣故。」

「我們到下一間房間吧。」女騎士這麼說。

兩人來到了對面房間，也就是長女的房間。相較於男爵的房間，長女的房間比較乾淨，雖然裡頭還是有不少灰塵，但牆壁沒有剝落發霉，地板也沒有變形或裂縫，看起來就像原本屋主還在時的模樣，可以說是兩人進到鬼屋後看過最乾淨的房間。

「因為她是最後一任屋主吧，這裡還滿乾淨的。」教授看了看，下了這樣的評語。

但如此乾淨整潔的房間正好造成了兩人一些麻煩，管線仍被深埋在地板裡頭。

「得要麻煩妳了。」教授對女騎士這麼說。

「交給我吧。」女騎士點了點頭，拔出了長劍。她閉上眼，調整起自己的呼吸和精神，突然間她猛然睜開了雙眼，目光如電。

「喝！」她大喝一聲，揮劍的動作快到教授根本看不清楚就已經結束，並深深吐了一口氣。

地板上出現一道筆直的裂痕，女騎士劈開了地板。切開的裂縫深度和寬度，就像是拿著尺精準測量過一樣，剛好讓管線暴露出來卻沒有任何受損。

「真是太厲害了。」教授不由得拍起了手。

「哪裡，讓你見笑了。」女騎士緩緩地收劍入鞘，儘管剛才劈開了堅硬的地板，但劍身卻一點痕跡都沒有，「好了，現在換你上場了。」

「交給我吧。」教授拿起魔力探測儀，開始檢測管線。

魔力探測儀同樣發出了鵝黃色的光芒，不過這次的光芒和在浴室或男爵房間裡相比，顯得強烈了許多。

「數值很高。」教授這麼說：「比浴室和男爵房間測到的數值都還要高出一些。」

「所以……」

「還很難說。」教授環顧房間，「有可能是因為這裡的管線比較接近魔法施展源頭的關係，當然也不能排除這裡就是源頭的可能，不過……看不出來有被挖開後又修補的痕跡。」

「那我們還是等全部檢查過後，再下判斷好了。」女騎士這麼說。

兩人走出了長女的房間，女騎士問：「男爵夫人的房間就不用查了吧？總不會是她電死自己。」

「不，還是要查。」教授握著男爵夫人房間的門把，轉過頭對女騎士說：「雖然對家人來說，在自己房間施展魔法比較方便，但兩個傭人還是有可能趁男爵夫人洗澡時，偷溜到夫人房中殺人。對兇手來說，反正夫人是不可能活著回到房間了，就算修補留下痕跡也不會有人發現。」

女騎士點了點頭，「那麼我們就來看看吧。」

就在教授打開門，打算走進房間的那一瞬間，女騎士突然抓住了教授的手，

「小心！」

「唔哇！」教授發出一聲驚呼。

原來是男爵夫人房間的地板已經整個塌陷，變成了一個大洞，只剩下幾根管線還連接著，但在一片黑壓壓的狀況下很難看清，就像是陷阱一樣。要不是女騎士眼明手快，教授可能就會失足跌到一樓去了。

「唔……謝謝了。」教授嚇出一身冷汗，原本剩下的幾分酒意也煙消雲散了。

「小心一點，就算是在這種地方，還是可能會受傷。」女騎士擔心地緊緊握住教授的手不肯放開，「不過，這樣也方便多了，管線已經露在外頭了。」

「嗯，是啊。那就麻煩抓著我，我在這邊看能不能測得到吧。」教授說。

女騎士緊抓著教授，而教授則是伸長了雙手捧著魔力探測儀，這樣正好能搆到暴露在外的管線，他們就開始測量了起來。

魔力探測儀發出斷斷續續的光，指針幾乎只是在原處微微跳動著。

「嗯，數值比在浴室測到的還低。」教授收回了魔力探測儀，並這麼說。

「也就是說……」

「是啊，這裡不可能是施展魔法的地方。」教授做出結論，「只剩下最後一間了。」

兩人來到長男房間門前，這次改由女騎士帶頭，她一手握住了門把，一手握著教授的手問：「準備好了嗎？」

教授點頭，「來吧。」

女騎士打開了門，房間裡頭一片漆黑，但很快就出現了幾個光點，並傳來細碎的腳步聲和吱吱叫聲。隨後幾隻老鼠從裡頭衝了出來，穿過兩人腳下，消失在走廊上。

女騎士見狀不禁嘖了一聲，「真是噁心！」

教授再次使出剛剛的光球，照亮長子的房間。長子房間的窗簾被拉了起來，隨處可見蜘蛛網和老鼠大便，看起來相當骯髒。

「看來剛剛那幾隻老鼠是把這裡當成窩了。」教授這麼說。

「是啊。」女騎士皺了皺眉頭，「小心點，那些老鼠身上可能帶著什麼疾病。」

「別緊張，我有辦法。」教授從公事包裡拿出一枚戒指，戴到手上。一道水流從戒指中湧出，沖刷過地面，繞房間一圈後就騰空飛起，穿過窗簾從窗戶離開。當水流停下來後，房間裡所有的髒東西都被一併帶走了。

「真是太方便了。」女騎士看到後不禁這麼讚嘆，又開玩笑地補上了一句，「看來下一次兵舍大掃除時，應該要找你幫忙了。」

「我的費用可不便宜啊。」教授也開玩笑地回覆：「那麼，這邊的地板也麻煩妳了。」

女騎士點了點頭，再次拔出了劍。

就像剛才長女房間發生的事改在這裡重演，地板被劈開後，暴露出埋在裡頭的管線，教授拿出魔力探測儀進行測量。

魔力探測儀再一次發出光芒，這次的光芒與其說強烈，倒不如說已經到了有些刺眼的地步，指針也猛然躍起，跳動幅度是目前為止最大的。

「教授，這是……」

「是的。」教授肯定道：「這裡就是魔法的源頭，也就是說長子是殺人凶手！」

聽到教授這麼說，女騎士先是屏住氣息，之後才長長吐了一口氣，「……果然和你在浴室時所說的一樣呢，教授。你是怎麼知道的？」

「因為動機。」教授說明：「男爵夫人和其他人不合不是一兩天的事了，雖然大家都有動機，但彼此忍耐了那麼久，凶手為什麼會突然選擇在那個時候殺人呢？

「在眾人的動機中，長子的最有急迫性。」教授繼續說：「我猜長子在外頭被債主逼急了得要馬上還錢，而只要男爵夫人一死，他就可以繼承大筆遺產，因此才決定痛下殺手。當然也不能排除其他人長期的怨恨終於爆發的可能性，因此才需要檢驗。」

「原來是這樣！」女騎士恍然大悟。

「不過……其他人是真的不知情嗎？」教授欲言又止。

「什麼意思？」

「就算那天打雷下雨，就算長子使用魔法挖開和修補地板。但是其他人真的什麼都不知道嗎？」教授說：「明明待在隔壁、斜對面和樓下的房間，但真的沒有人聽到半點聲音，或是察覺到任何疑點嗎？」

女騎士沒有回話，於是教授就繼續往下說：「我想妳的猜測是對的，他們確實有串供。就算事前不知道謀殺計畫，但長子的計畫也並非完美無缺，其中還是有不少破綻可以發現不對勁，像妳提過的沒有一道閃電打在屋子附近。」

教授一邊說一邊將魔力探測儀收進公事包中。兩人依然牽著手，緩緩下了樓梯準備離開。

「他們在這裡住了那麼久，應該可以發現更多不對勁的地方，甚至可能隱隱約約知道長子是凶手。」教授說：「但他們選擇包庇或視而不見，沒有人願意追究男爵夫人的真正死因。我想在妳抵達現場之前，長子可能有意無意之間說是落雷電死了男爵夫人，所有人也就順著他的話說下去。」

「男爵夫人對於這種情況可能也略知一二，就像妳的猜測，她帶法杖進浴室是為了自衛。」教授又說：「我不清楚是什麼原因，讓她選擇留下而非離開，但看來住在這棟屋子裡的人不是對她漠不關心，就是巴不得她快點死去……」

走出房子後，兩人不約而同回頭往後看。

鬼屋和一開始進去時一模一樣，沒有任何變化，但在兩人眼中變得陰森恐怖了許多。不過這和幽靈沒有任何關係，而是因為他們已經知道了背後的真相。

「男爵夫人死前的最後一個念頭到底是什麼呢？憤怒？不甘？還是其實也感到解脫？」教授最後下了這麼一個結論，「當然這些都只是我的猜測而已，真相到底如何已經無從得知了。」

聽完教授的推論，女騎士忍不住嘆了口氣，「這樣看來，拆掉這裡或許也算得上是一件好事，畢竟這棟屋子裡頭有太多令人作嘔的祕密和回憶，可說是貨真價實的『城東之恥』……而那些人的下場，也算得上是罪有應得吧。」

教授沒有說話，只是緊緊握住了女騎士的手。

女騎士也緊握了回去，「好啦，還是得感謝教授協助偵破了我負責的第一起案子，沒有你的幫忙，我可能會因為這起懸案而留下遺憾了。為了表示感謝，我們去續攤吧？這次我請客。」

「離開這陰森森的地方當然好。」教授應允，但是又頓了一下才繼續說：

「不過……這次就別喝酒了吧……」

「噗哈哈哈！」女騎士聞言不由得噗哧一聲笑了出來，「當然沒有問題，不過老實說，我覺得教授喝醉的樣子很可愛，很想再看一次呢……」

「唔唔……還是請饒了我吧。」教授不禁苦笑，而女騎士又笑了起來，剛才的陰鬱氣氛立刻一掃而空。

兩人回到了大街上，身影再次消失在熱鬧繁忙的人流當中。

Lesson 4

來自死者的證詞

教授站在莊嚴教堂的一處包廂裡，俯瞰著下面的一片混亂。

下頭的人們驚恐地看著教堂正中央，一群騎士成圈包圍了一個人——那人不是別人，正是女騎士。

女騎士腳旁倒著一名獸人男性，還有四名神官將一位精靈女性護在身後，像是在保護她遠離女騎士似的。而在稍遠的地方，則有一具已經被掀開來的棺材。

騎士們拔出了劍，朝著上司嚴厲地大喊：「不准動！快點跪下，把手放在頭上！」

被團團包圍的女騎士手無寸鐵、孤立無援，只能乖乖聽話跪了下來，並將手放在頭上。

一名騎士從包圍網中走出，拿出手銬將女騎士銬了起來，「現在，以殺人的罪名逮捕妳！」

聽到騎士這麼宣告，所有人都只是遠遠看著，其中也包括教授。他在包廂裡看著這一切發生，卻束手無策。

帝國國立魔法學院是帝國的最高學府，以悠久的歷史和自豪的魔術研究聞名於世，吸引了不少從世界各地不惜千里而來就讀的其他國家學生。

學院對這些外國學生也相當歡迎，任何人不管種族、身分或國籍，只要能通過入學考試，都可以進入學院就讀。就算不是學生，也能申請以旁聽生的身分旁聽。

這使得許多人會特地來學院申請旁聽。有些是未來想入學的人，藉此先熟悉環境提早準備，另一些人則是只能短暫停留在帝國，來體驗一下學院的生活。

教授走進了教室。往常這時學生們就會安靜下來，然而今天卻不太一樣，教室裡的喧嘩不但沒有減退，反而有越變越大聲的跡象。

這是因為今天多了張新面孔，一位素未謀面的少女正坐在教室中央。少女外表看起來年約十七歲，有著一雙尖尖的長耳朵，代表著她是純種精靈。

當然只是這樣的話，學生可能不會那麼躁動。但少女實在是太美了，她有著標緻的五官、雪白的肌膚和一頭鮮豔的紅色秀髮，即便略帶稚氣的臉龐浮現百般無聊的樣子，仍十分令人驚豔。

儘管學生們對這位精靈美少女十分好奇，但少女坐姿端正，背直直地挺著，散發出一股「不要和我說話」的氣息，因此他們只敢在旁邊竊竊私語。

「天啊！這女生是誰啊？也太漂亮了吧？」

「不知道，可是真的滿可愛的。」

「難不成是明年入學的新生嗎？呀呼！我戀愛了！」

學生們這麼紛紛議論。

「咳咳。」教授輕咳了一聲，讓學生們回過神來。他走到精靈美少女的身旁問：「妳是旁聽生嗎？有證明文件嗎？」

精靈美少女瞥了他一眼，默默拿出證明文件，放在原本空無一物的桌上。而這也和周圍學生們桌上都放滿了課本、筆記本和文具用品的模樣，形成強烈對比。

教授快速地瀏覽了一下，確認文件沒有問題後就說：「好的，那麼歡迎妳。」

精靈美少女依舊沒有說話，但教授也不以為意。學院學生背景多元，偶爾也會有像這種特立獨行的學生。

「好了，我們現在開始上課。」教授回到了講臺，「我想各位都已經聽過選出新聖女的消息了吧。」

一聽到教授這麼說，所有學生都立刻看向講臺，把注意力轉回到了教授身上。就連精靈美少女也有一些反應，雖然臉上依舊是無聊的表情，但耳朵還是小小地動了一下。

「在歷史上，有多次聖女選拔的記錄。」教授繼續說：「距離上一次選出聖女，應該有五十多年前了，不過這次間隔也不是特別久。綜觀記錄，聖女出現的頻率是數十年一次，甚至還有過百年才出現一次的記錄。

「聖女最特別的，就是她們的魔力。歷任聖女都有著十分龐大的魔力，因此唯獨她們才可以施展復活魔法，而這也是「聖女」這個名稱的由來……有的人認為，聖女之所以有這麼強大的魔力，是因為她們和神有著特別緊密的關係。這麼龐大的魔力是神賜予，甚至是直接和神相連的。這也就是為什麼有些人會信仰聖女，將其視為神聖的象徵，當然，這種說法還有待考證……」

「哼！」教授的話還沒說完，就有人這麼哼了一聲。大家不由得轉頭一看，才發現是精靈美少女發出的。

「既然講到了聖女，就得要順便說明一下復活魔法。」教授像是什麼都沒發生似地繼續講課。

「顧名思義，這就是一種能將死者復活的魔法。雖然儀式本身已經被許多學者研究地十分透徹，但因為所需的魔力量太大，一不小心就會被魔法儀式抽乾魔力，導致死亡。就算將一個人一生中所有的魔力全部加總起來都不夠用，甚至連賢者都不一定能成功使出，因此復活魔法也被認為是只有聖女才能使用的專屬魔法。」

「哼哼。」這時臺下又傳出有些得意的聲音，當然還是精靈美少女發出的。只見她可愛臉蛋上露出了驕傲的表情，彷彿聽到讚美一樣。

「當然還是有不少人試圖尋找降低魔力需求的方法。理論上來說，所有魔法都是依照三要素原理運行，只要找到合適的儀式，或許就能使復活魔法所需的魔力量減低。」教授依然不為所動。

「不可能啦。」精靈美少女突然這麼說，語氣中帶有一點輕蔑。

「也許吧。」教授點點頭，同意了精靈美少女的話，「復活魔法的研究已經有數百年，期間有無數天才或大師試圖破解，但都失敗了，或許這是一項註定失敗的挑戰。」

然而，說到這教授突然話鋒一轉，「不過呢，我並不認為這些嘗試是徒勞。儘管失敗了，但這些研究還是帶來許多意想不到的新發現，甚至帶動近百年魔導學技術的進展，因此我認為這項研究並非無用的。」

「哼，失敗就失敗了，還說得那麼好聽。」精靈美少女不屑地說：「看來你也沒什麼了不起的嘛，當初聽到勇者大人對你讚譽有加，我還以為是多麼了不起的角色，真是失望。」

「她剛剛是說勇者大人嗎？」

「難道這個精靈認識勇者嗎？」

「可惡，居然是勇者！這不就完全沒希望了嗎，怎麼可能和勇者競爭啊！」

學生們不禁發出了驚訝的聲音。

「哼哼，沒錯。」見到學生們的反應，精靈美少女得意地站起來，手拍了一下胸膛，「雖然有點遲了，不過還是容我自我介紹一下，我正是新任的聖女！」

「咦！騙人的吧！」

「為什麼聖女會到這種地方來？」

「聖女啊……啊哈哈哈，結束了，我的初戀……」

一聽到眼前的精靈美少女是聖女，教室裡立刻就騷動了起來，學生們無不吃了一驚，朝她投以羨慕或驚訝的目光。

見到學生們的反應，聖女不禁露出了一抹微笑，「剛剛聽到有人問我為什麼會來帝國，正是因為貴國的騎士團副團長邀請我來施行復活魔法。這剛好也是個好機會，我想邀請大家來觀賞這次由我主持的儀式，怎麼樣呢？」

「喔喔喔！」對將來想要成為魔法師的學生們來說，這是十分誘人的提案，畢竟要實際看到復活魔法施行是很困難的。

「這確實是個好機會。」教授也點了點頭。

「哼，對吧、對吧。」聽到教授這麼說，聖女更得意了，尖尖的耳朵像翅膀一樣上下拍打著。假如她和獸人一樣有尾巴，可能都要翹到天上去了。

「只要有復活魔法，推理什麼的也不需要了吧。」

「喔？」聽到聖女這麼說，教授露出感興趣的表情，「為什麼呢？」

「很簡單，只要把受害者復活，就能讓他們指認凶手了啊。」聖女有些不耐煩地說：「就算受害者沒看到凶手，但只要受害者復活，凶手殺人的目的就失敗了不是嗎？凶殺案也就一點意義都沒有了。」

「……這也是一種想法。」聽到聖女這麼說，教授只是點頭。

「哼，還嘴硬嗎？不過算了。」聖女拿起隨身物品，開始往教室門口的方向走。

「那麼，我就在明天恭候大駕。雖然先行離開很抱歉，但還有一些事前準備要做，就請恕我失禮了。反正你是要講解復活魔法對吧？對我來說有聽和沒聽差不多，畢竟……」她站在門前，轉頭對教授高傲地說：「又有誰比我更了解復活魔法呢？」

留下這一句話之後，她便頭也不回走出了教室。

「哇啊！好多人呀！」

見到眼前的人山人海，有個學生不禁這麼驚呼著。

教授帶著學生們，來到了舉行復活魔法儀式的會場——城中心一座大教堂前面。

這座大教堂是帝都最大的教堂，每次王族登基、結婚，或是任何重要儀式都會在這裡舉行。建築本身不只十分雄偉，面積也相當廣大，要容納一條龍都沒問題。

但現在教堂卻被擠得水洩不通，眼前的人潮顯然不只帝都居民，還有從其他城市或國家來的人，大家都想要一睹復活魔法的神奇。

「嗯？喔，有些國家並不信仰聖女，所以不知道。」教授解釋：「對聖女的教徒來說，復活魔法是一種神蹟，也是最好的宣傳。而且施展復活魔法所需要消耗很多的魔力，根據以前的記載，就算是聖女，頂多一個月也只能施展一次而已。」

「原來是這樣啊～」學生點了點頭，恍然大悟。

「而且這是聖女被選出後，第一次主持復活魔法儀式，因此意義格外重大。」教授又說：「不過……她既然都說要特地邀請我們，應該不只在人群中這樣觀望而已……」

「那個……不好意思。」教授話還沒說完，一個稚嫩的聲音便打斷了他。

眾人環顧四周，只見一位騎士不知何時已經站在教授身旁。

騎士身材嬌小，看起來就像女孩子一樣，身上的練習劍表示他還只是個見習騎士。而當他脫下頭盔，露出的是一頭俏麗銀髮、一雙湖水藍眼眸和一張長相纖細清秀的面容。

「哇啊！好可愛～」

「真的！」

問。

「好想養一隻！」

女學生們看到騎士的臉蛋，忍不住這麼叫了起來，而男學生們則是發出了疑

「女孩子？」

「教授的熟人嗎？」

「呀呼！我又戀愛啦！這次總不會是聖女了吧？」

「我是男孩子啦！」見習騎士鼓起了微微泛紅的粉嫩臉頰，不過這樣反而讓他看起來更可愛，「不對……那個，我是受聖女之託，帶教授和大家去『特等席』的。」

「啊啊，原來如此。」聽到騎士這麼說，教授似乎領會了些什麼，便回答：「那就麻煩你了。」

「好的，那請各位跟我來吧。」見習騎士點了點頭，接著他就引領在前，朝著教堂的一扇側門走去。

眾人走進教堂，爬上一層又一層的樓梯，最後來到了一處二樓的包廂。

這間包廂原本是給唱詩班使用的，當然此刻這裡並沒有唱詩班。從這裡可以鳥瞰整個教堂內部，不管是前排的坐位，還是中間的祭壇全都一清二楚，確實是

個不折不扣的「特等席」。

包廂裡已經有不少穿著華麗服飾的貴族和貴婦，在這裡就座等著儀式開始，見到教授他們出現，不禁露出有些驚訝的表情。

教授沒有理會周圍的目光，而是瞇起了眼看向底下。教堂右半部分的座位已經被移走，好容納更多的人群，而左半部分的座位仍保留著，顯然是給比特等席這些更高貴也更重要的達官顯要坐的。

儀式差不多要開始了，教堂裡頭已經擠滿了人。左半部分的座位也同樣差不多快滿了，裡頭不乏高等官員、貴族或議會成員等等。而在這群大人物當中，教授突然看到了一個熟悉的身影。

女騎士的倩影赫然出現在第一排座位上，她姿態優雅、表情端莊，穿著一身華麗的禮服，和其他大人物坐在一起。

那些平時高高在上的大人物們，此刻臉上都拚命地堆出笑容，想要和女騎士攀談。而女騎士也面帶微笑，周旋在那些大人物當中談笑風生。

「哇啊！那個女生好漂亮啊！」一個學生順著教授的目光看過去，看到了女騎士，不禁讚嘆：「能坐在那邊，肯定是某個身分高貴的人吧。」

「是啊。」教授點點頭，只是這麼說。

就在這時，教堂裡原本用來報時的大鐘，突然響起了二十五聲鐘響，宣告著復活儀式正式開始。

隨著鐘聲，教堂的門也一口氣全被打開。外頭的空氣流洩進來，陽光也透過彩繪玻璃，在地板上照射出一幅幅美麗的光影。

而乘著風，踏在光影之上的，便是聖女。她身穿一套純白的薄紗禮服，手拿著一根古典的法杖，看起來宛如壁畫中的天使，引得群眾不禁嘖嘖稱奇。

「天使啊……」

「簡直就像女神大人親自下凡……」

「可惡……為什麼她是聖女大人呢？我的初戀啊啊啊！」

聖女緩緩地走了進來，跟在她身後的是四位年輕男性神官，肩上扛著一具棺材。一見到他們抬著棺材現身，在場所有人不由得被吸引了注意力，整個教堂也隨之安靜了下來。

聖女和四位神官來到正中央的祭壇。四位神官將棺材放下來後，就在四個方位屈膝跪下，就像四個神靈隨時聽候聖女的命令一樣。

「各位信徒們，歡迎來到這裡。」聖女優雅的聲音在教堂裡迴盪著，儘管不是特別大聲，每個人卻都能聽得清清楚楚，「我們今天齊聚一堂，是為了見證神蹟——也就是復活魔法！」

一聽到復活魔法，群眾立刻就歡呼了起來。聖女停頓了一下，讓群眾抒發完情緒之後，才伸出手示意群眾安靜下來。

「今天躺在這具棺材裡的，是一位在兩年前的任務中不幸壯烈犧牲的年輕騎士。」聖女指著棺材，「這位年輕騎士在該次任務中，努力與邪教徒奮勇作戰，但最後為了保護無辜的平民，獻出了自己的性命。

「聽完這位騎士大人的事蹟後，我深受感動。」聖女最後作結，「因此決定給這個年輕的靈魂再次回到世上，完成抱負與夢想的機會。那麼，我在此宣布，復活魔法開始！」

聖女舉起法杖，往地上輕敲了一下。同時間，法杖從尖端發出白光，而白光就像是有生命一樣，順著法杖來到教堂的地上，畫出了許多發光的文字和線條，而這些文字與線條最後則是構成了一個巨大的魔法陣。

「原來如此。」看著眼前的復活魔法陣，教授點了點頭，「利用那根法杖，她把整座教堂變成了一棟巨大的魔法房，這樣對魔力的運行和魔法的效率都有加乘效果。」

「喔喔，原來是這樣啊！」

「好厲害，居然一個人就能驅動這麼巨大的魔法陣……」

「嗚嗚……雖然早就知道了，聖女果然不是我可以追求的對象啊……」

學生們也嘰嘰喳喳地感嘆著。

聖女閉上了眼，口中念念有詞地念著咒語：「慈愛的至高神啊，請回應信徒的請求！引導亡靈回歸到這個世界吧！」

她這麼大喊著，同時魔法陣的光芒也不斷變強，讓所有人都忍不住閉上了眼。過了不知多久，光芒才逐漸散去，人們緩緩地睜開眼睛看著彼此。

「成功了嗎？」

「騎士復活了嗎？」

「怎麼好像沒有什麼變化……」

當人們還在議論紛紛，這時突然……

「啊啊啊啊！！！」棺材中傳出一聲大吼，同時棺材蓋轟地被打開，一個穿著破爛喪服的犬系獸人青年從裡頭爬了出來，跪倒在地上。

好巧不巧，他跪倒的地方正是在女騎士的面前。儘管女騎士十分鎮定，立刻做出備戰動作，但周圍的人可就不是這樣了。

「呀啊！」

「怎麼回事？」

「是殭屍嗎？」

女騎士周遭的人們都受到驚嚇，並陷入混亂之中，有些比較膽小的甚至當場像個小女孩似地尖叫了起來。但四位神官卻見怪不怪地立刻站起身來，一把壓制住獸人。

「各位不用擔心。」雖然施行復活魔法讓聖女相當疲憊，但她還是大聲地說：「剛復活的人因為記憶停留在死前的最後一刻，腦袋會變得不清楚。騎士大人是在戰場上壯烈犧牲，會這麼激動也是正常的。」

「什麼啊……」

「嚇死人了……」

「是啊，還好沒事……」

眾人這麼議論著。

然而大家說話的聲音還沒停下，獸人騎士就抬起頭，看著眼前的女騎士。他伸出一根手指指著女騎士，並用整間教堂都能聽到的音量大叫：「妳！妳這個殺人凶手！就算做鬼，我也絕不會放過妳！」

在喊完這句話之後，獸人騎士就在所有人，包括聖女和女騎士驚訝的目光下昏了過去，只留下詭譎的氣氛和未解的疑問。

復活魔法儀式結束後過了好幾天，人們依舊在討論儀式時發生的事情，各種謠言也不脛而走。

有人說已經確定女騎士就是凶手，她被監禁起來並等待死刑執行；有人說獸人騎士在復活後沒多久就發瘋了，見到每個人都指稱對方是殺人凶手；還有人說儀式過後，每晚教堂都會傳出不明的哭聲和慘叫聲……

這些謠言搞得人心惶惶，就連學院裡的學生和一些教師彼此之間也在流傳著各種版本的謠言，而且一個比一個還要荒誕。

教授在學院也聽聞了不少謠言。有些人知道他那天也在復活魔法儀式現場，而他們在忍耐好幾天之後，終於在一次上課時爆發了出來。

「教授，您當天在大教堂那裡吧？」正當教授在講解某個魔法定理時，一個因為身體不適而於儀式當天缺席的學生舉手，「可以請問您對那天發生的事情有什麼看法嗎？我朋友的朋友說那場儀式其實不是復活魔法，而是黑魔法。」

聽到那個學生的問題後，教室裡的其他人，包括當天在場的人，全都露出了好奇的神情並看向教授。因為就算是當天在場的人，也在聽了那麼多的謠言後，開始半信半疑了起來。

聽到學生的問題，教授先是沉默了一會，才緩緩地說：「告訴你朋友的朋友，這不太可能。就我所見的範圍，那次儀式並沒有黑魔法的特徵。」

「那麼……為什麼被復活的騎士會變成那個樣子？」學生猶豫了一下，拋出了在場所有人心中的主要疑惑。

「這個嘛……」教授的話還沒說完，外頭的走廊突然傳來了響亮的腳步聲。

所有人都屏息聽著腳步聲越來越近，最後停在教室門口。

同時間門被打開，一名身材嬌小、全副武裝的騎士用凜然的聲音說：「教授，請你現在跟我走一趟！」

教室裡所有人都看向了騎士，但騎士完全不理會直直走向教授，用左手遞出一張紙，「不好意思打擾各位了，不過現在是緊急狀態，這是校長親自核發的許可文件。」

教授接過紙，仔細地查看了一下，「嗯，確實如此……好吧，那麼大家，今天就提早下課吧。」

「不好意思，請讓我借走你們的教授。」騎士對還在底下竊竊私語的學生們這麼宣告，又轉過頭對正在收拾東西的教授說：「教授，請往這邊走，馬車已經準備好在外頭了。」

「嗯。」教授點了點頭，迅速地收好東西。兩人一起往外頭走，留下一頭霧水的學生們。

馬車就停在校舍前，教授二話不說就踏進了馬車，而騎士緊跟在身後，關上車門。一關上門馬夫就立刻駕起了馬，全力奔馳。

「謝謝你，教授。」騎士這麼說：「不好意思在百忙之中還請你撥空。」

「不會，畢竟校長親自發出命令，就代表狀況相當急迫。」教授接著問：

「這是在復活魔法儀式後第二次見面了吧，你們的團長現在怎麼樣？」

「咦？」騎士愣了一下，脫下頭盔露出一頭銀髮和清秀的臉龐。

「教授怎麼知道是我？」見習騎士驚訝地問：「不是我在自誇，不過全副武裝的時候，很多人都會把我誤認成團長呢。」

「現在街頭巷尾流言那麼多，我想聖女大人也差不多該有動作了。」教授說：「假如聖女大人想找我，她之前已經派過你招待過我一次，第二次的最佳人選當然也是非你莫屬。而且你們團長現在有嫌疑在身，應該不可能像你這樣自由活動吧。」

況且女騎士不會去申請校長的許可文件，除了首次之外也不曾全副武裝走進教室。更別說兩人還有太多不一樣之處，像是說話聲調、走路姿勢等等，但這些教授並沒有說出來。

「原來如此……」見習騎士點了點頭，「不過誠如你所言，我們團長現在被指控謀殺，暫時羈押在皇家監獄。」

「皇家監獄？那不是專關窮凶惡極的犯人，最高等級戒備的地方嗎？」教授抬起眉頭，「現在是怎麼樣的情況？你們已經定罪了嗎？」

「還、還沒有……」雖然教授沒有生氣，但見習騎士還是被他的氣勢嚇到，連忙解釋：「不過上頭確實希望能趕快把這個案子結束掉，所以……」

見到見習騎士的反應，教授先是深呼吸一口氣才開口：「抱歉，我不是要故意嚇你，可以說說詳細的情況嗎？那名被復活的騎士還是指控團長閣下是凶手嗎？」

「……是的。」見習騎士低下頭，「他到現在還是堅稱團長是犯人，聖女大人也因此判斷團長是殺人凶手，下令將她關進牢裡並等待判決。」

「……難道就沒有人出來替你們團長說話嗎？」教授說：「帝國是有法律的，任何審判都必須要有辯護人，就算是當眾殺人的凶手也是如此。」

「是的，這也是為什麼我會去學院拜訪。」見習騎士附和：「教授，團長選擇你當辯護人。」

馬車轆轆行駛，之後向右轉來到了一座戒備森嚴，被高牆和護城河圍繞的建築前。

馬車才停下，一隊裝備精良的衛兵從崗哨小跑步前來，團團包圍剛下車的教授和見習騎士。

「你們是什麼人？為什麼來皇家監獄？」一個看起來像是負責人的衛兵這麼問。

「我們是來這裡見騎士團團長的。」教授這麼說：「我是她的辯護人。」

「是、是的……」見習騎士畏畏縮縮地伸出手，「那個……這是聖女大人的親筆信件。」

衛兵接過信件，仔細閱讀了一下才說：「好吧，我知道了。不過請把所有的東西都交出來，不管是武器、盔甲還是魔導具，你們能帶的就只有衣服而已。」

「唔……」見習騎士有些猶豫，此刻他穿著全副盔甲，要脫下來是相當麻煩的一件事。

「沒關係，你在這裡等我。」教授知道他的困境便這麼說，並把手上的戒指交給了衛兵。

一名衛兵向前對教授進行搜身，確認他身上沒有其他東西後，又拿出魔力探測器檢查教授的衣服，確保其中並不包含魔導具。

確認過教授完全沒有問題後，衛兵才向負責人點頭示意。

「不好意思失禮了。接下來請務必跟著我，在這裡假如未經允許就擅自行動，是會被當場處決的。」衛兵在說明的同時，對著城牆上頭的另一個衛兵揮了揮手。

橋被緩緩地放下，三道鐵鑄的柵欄也一一被緩緩拉了起來。在衛兵的帶頭下，教授走進了這座被稱為最高等級戒備的監獄裡頭。

進了監獄之後，兩人又通過層層崗哨，最後來到一條地下通道。通道裡頭完全沒有窗戶，只能靠搖曳不定的火把照明。

兩旁都是被關押於此的犯人，他們有的抬起頭，對教授露出凶惡的目光並叫罵著；有的則是斜眼冷冷看他們，臉上露出不懷好意的表情。

「喔？又有新人來了嗎？」

「哼！看那副鳥樣子，我賭他絕對撐不過一個星期。」

「嘻嘻，來啊！過來陪我玩玩啊！我保證會好好疼愛你的，嘻嘻嘻……」

囚犯們這麼嘻笑嚷叫著。

「給我安靜！」衛兵大喊，同時其他衛兵也拿起手中的武器用力敲打，才稍稍制止囚犯們囂張的氣焰。

「這裡是……」看著眼前這副慘狀，教授不悅地問。

「最高警戒區。」衛兵解釋：「關在這裡的都是最窮凶惡極的犯人。」

聽到衛兵這麼說，教授不禁抬起一邊眉頭，「有必要將團長閣下關在這種地方嗎？」

「很抱歉，但這是上頭的指示。」衛兵說：「因為現在外頭風聲很大，再加上團長閣下武藝高強，這也是沒辦法的……不過我們替她安排了單人囚房。」

「嗯。」教授知道對方已經盡可能通融了，也沒再多說什麼。

兩人走到地下通道的最深處，在走道的盡頭有間最大的囚房，在裡頭有一個熟悉的身影，不是別人，正是女騎士。

一見到女騎士，教授不自覺加快了腳步，來到囚房前。女騎士仍穿著那天參加復活魔法儀式時的禮服，雖然禮服已經髒了，但無損女騎士的美貌。

衛兵沒有說謊，囚房中就只有女騎士一人。然而他沒說的是，女騎士纖細的四肢都被粗大的鎖鍊鎖住，身體也被緊緊銬在牆上，無法自由活動。

女騎士低著頭，一頭美麗的秀髮垂了下來，看不清楚她的表情。

囚房外頭還有兩名衛兵駐守，他們身旁擺著一個裝滿水的木桶，是為了長期執勤時可以飲用。與其他關在這裡的囚犯相比，女騎士被戒備的程度很明顯嚴密許多。

見到眼前此景，教授不禁瞪大眼，隨後壓抑著怒氣問：「為什麼要這麼做？不會太過分了嗎？」

「這是上頭的指示。」衛兵聳了聳肩，「團長閣下武藝高強，就算沒有武器也能戰鬥，他們不敢掉以輕心。」

聽到對話聲，女騎士微微抬起頭來。

「教授？」她看向教授，聲音嘶啞地問，聽起來似乎有段時間沒喝水了。

見到女騎士這樣，教授二話不說跑到了囚房門前。

「把門打開！快點！」他這麼催促。

「抱歉，你只能這樣和她說話，禁止任何身體接觸。」衛兵露出同情的表情，但還是搖搖頭，「況且我們也沒有鑰匙，鑰匙是由更上頭的人保管。」

「什……」

「哈哈，他們太誇張了，我只是劍技比較好而已。」教授話還沒說完，女騎士就插嘴說：「不過，這麼做也算是在保護我吧。」

教授點點頭。畢竟像女騎士這樣的美少女，被鎖在牆上動彈不得，很容易成為其他囚犯甚至是一些素行不良衛兵的目標。

「妳還好嗎？有受傷嗎？」

「我沒事。」女騎士勉強擠出一個微笑，「和之前打仗時相比，現在簡直就像在度假了。」

「……我知道了。」聽到女騎士的自嘲，教授也只能這麼回答。

「那麼，可以跟我談談兩年前那個任務嗎？在任務中到底發生什麼事了？」

「那是一次緊急任務。」女騎士垂下眼簾，開始講述：「騎士團接到一則線報，發現了魔王教徒在帝都的藏身處……」

晚夏的夕陽餘暉靜靜灑落在一座小教堂，教堂的彩繪玻璃反射出金黃色光芒，周遭住宅傳來料理的香氣，小孩子的笑聲在附近迴盪，感覺一片祥和。

然而在教堂大門旁的小巷裡，兩名騎士佇立在陰影之中。他們全副武裝氣氛緊張，視線死死地盯著教堂，宛如此刻不是在安詳的城區，而是在戰場上。

「大隊長。」突然間，一名騎士從黑暗中無聲無息地現身。他身材高大，但行動卻十分敏捷，「已經做好最後確認了，周遭沒有一般民眾，教堂裡頭的魔王教徒似乎也還沒察覺到我們。」

「我明白了。」被喚作大隊長的騎士點點頭，她的聲音清脆，很明顯是女性。為了方便說話，她掀開頭盔的面罩露出臉孔。不是別人，正是女騎士。

「那麼就按照計畫進行，等到六點，你們就從正門攻入。」女騎士下令。

「是。」

「了解。」

兩名騎士分別這麼說。因為還有點時間，其中一名騎士也掀開面罩，露出帥氣的臉龐，開始閒談了起來，「不過真沒想到魔王教如此大膽，竟然躲在教堂裡。」

「這樣才好挑選和誘騙犧牲者吧，聽說魔王教會定期將人獻祭給魔王。」身材高大的騎士這麼說。他沒有把面罩掀開，所以聲音有些悶悶的，「不過，魔王教徒竟然潛入到這麼深處的地方，這可是大醜聞啊，難怪上頭會把這次任務列為最高機密了……」

「嘖，結果我們是來幫忙擦屁股的。」帥氣騎士先是這麼抱怨，又瞄了眼女騎士，「而且我們的人數夠嗎？就算加上那兩個在後巷埋伏的見習騎士，我們也才五個人而已啊，再加上其中一個還是……」

儘管對方的眼神帶有輕視，女騎士還是很冷靜地說：「現在可是戰爭中，大部分騎士都不在帝都，而且線報說那些魔王教徒今晚就會把抓來的孩童獻祭，已經不能再拖了，得要立即行動才行。」

「唉，好吧。」

「了解。」

兩名騎士分別這麼說。同時間，教堂響起了鐘聲。

「開始行動！」女騎士戴回面罩。三名騎士迅速起身，其中一人拿起一個小型破門槌，和另一名騎士跑向教堂。

「等一下……好，撞！」

「喝啊！」

兩個騎士分工，其中一人舉起破門槌，往教堂的大門狠狠砸去，門上立刻出現了裂痕。雖然同時也發出了巨大的聲響，但正好被鐘聲掩蓋過去。

「再一次……好，撞！」

「喝啊！」

拿著破門槌的騎士又再撞了一次，已經出現裂痕的門再也抵擋不住，應聲破開。

教堂裡頭立刻射出好幾支暗箭，但另一名騎士在門被撞開的瞬間就立刻拿起了大盾，暗箭射中大盾，發出碰碰的悶聲。

「我們是騎士團！魔王教徒們，你們的陰謀已經敗露了，快點投降吧！」兩名騎士大叫著衝進教堂。

同時在教堂的另一側，女騎士算準時機打破玻璃，也衝了進去。

「人質在哪？」女騎士不管前門的激烈戰鬥，仔細地搜尋起來。

沒多久，眼尖的她就發現壁龕有問題。壁龕裡供奉著三尊大理石神像，神像表情莊嚴肅穆還有蠟燭環繞，看起來十分祥和，然而女騎士注意到神像的眼睛似乎都凝視著同一個地方，也就是中間神像的右手。

「難道是……」她摸索了起來，最後輕輕將中間神像的右手一扳。壁龕發出轟隆隆的聲音，隨後升了起來，露出一條向下的旋轉樓梯，原來壁龕是道暗門。

一陣陰風從底下吹來，挾帶著一股腥臭味。

「居然玩這種花招……」女騎士抿著嘴，一手持盾、一手抓起一支蠟燭，走了進去，她已經聞出那股氣味是鮮血的味道。

樓梯不斷蜿蜒向下，彷彿是要直達地獄深處，燭光被風吹得不斷晃動，讓人很難看清周遭。一開始女騎士只聽得到自己砰砰的心跳聲，但漸漸地，她開始聽到一些細微的人聲。

「媽媽！爸爸！」

「嗚嗚，我好餓……」

「有沒有誰能來救我們……」

這些聲音十分稚嫩，女騎士仔細一聽，赫然發現這些都是孩童的聲音。

「別怕！我來了！」她加快腳步，終於走到樓梯底部，「我是騎士團的人！你們有受傷嗎？」

在最下層映入眼簾的，是兩排地下監牢，每間牢房裡都關著好幾名小孩。一見到燭光，小孩們都嚇得躲進角落。

「請不要打我們！」

「我們會聽話的！」

「對不起、對不起、對不起……」

「沒事了，我……」女騎士話還沒說完，便察覺到異狀奮力向前一跳，閃開了後頭的偷襲。

「嘖！該死的騎士團。」一名身穿黑衣黑袍，手持長矛的魔王教徒無聲無息地出現在女騎士背後，孩子們就是看到他才會如此害怕。

「魔王教徒！」待看清敵人的身影，女騎士憤怒地迅速擺好架式，「快點投降吧！你們已經被包圍了！」

「哼，為了我等唯一主神，魔王大人而死是無限的光榮！」魔王教徒大吼著發動攻擊，「去死吧！」

女騎士迅速躲開攻勢，冷冷地說：「看來是沒辦法說之以理了，那我就成全你！」

同時，她一劍刺穿了對方的胸膛。

「咕！」魔王教徒立刻口吐鮮血，卻使盡最後的力氣緊抓女騎士的劍，「趁現在！快……」

女騎士立刻當機立斷鬆開了持劍的手。這個舉動救了她一命，下個瞬間兩根長矛突然從魔王教徒的身體冒出。原來是另外兩個魔王教徒，藉著屍體掩護，朝女騎士發動奇襲。

「可惡……」偷襲的魔王教徒毫不猶豫地從同伴身上拔出長矛，這個舉動也使他大量出血立刻斃命。

「他不是你們的同伴嗎？居然……」就算是有豐富戰鬥經驗的女騎士，見到魔王教徒這樣也不禁感到震驚。

「呵呵，同伴不就是要拿來犧牲的嗎？」其中一個魔王教徒語氣冷靜地回應，這也使得他們看起來更加瘋狂。

「他為了魔王大人犧牲也算值得了，倒是妳沒有了武器，還能做什麼？」另一個魔王教徒附和，同時用長矛尾端將女騎士留在魔王教徒屍體上的劍擊斷。

「居然能把劍折斷，好大的力氣……！」女騎士不禁張大眼。而且敵人說得確實有道理，她失去了武器，目前的情況十分不利。

她冷靜環顧四周尋找反擊的機會，而敵人當然也察覺到了。

「哈哈，騎士還這麼狼狽，真是可憐啊！」

「下地獄去向魔王大人好好反省吧！」

兩個魔王教徒拿著長槍朝女騎士發動猛攻。

「嘖……」儘管失去武器，但女騎士還是靈巧地躲開了攻擊。

「可惡……」

「只會閃是沒有用的！」

見到己方的攻擊被一一化解，魔王教徒不耐煩地大吼並往前衝。而女騎士等的就是這個瞬間。

「看招！」女騎士一腳踢向蠟燭。蠟燭一熄滅，四周立刻陷入一片黑暗。

「什麼……嗚啊！」

「可惡……呃啊！」

魔王教徒還來不及咒罵，就發出了慘叫聲。旁觀的孩子們則是不知道到底是發生了什麼事，緊張地屏住氣息。

過了像是一世紀長的死寂與黑暗後，蠟燭總算被再次點燃，照亮了地下監牢。

女騎士一手持蠟燭，一手持盾，為了方便點火，她把面罩掀了開來。而兩個魔王教徒則是倒在地上，失去了戰鬥能力。

「唔……雖說是一對二，不過偷襲還真是有失騎士精神啊……你們要保密喔。」女騎士俏皮地豎起食指放在唇上，對孩子們說。

「哇啊！好、好厲害！」

「太棒了！」

「大姐姐好強！是怎麼做的？」

見到魔王教徒被打倒，孩子們歡聲雷動。

「這叫做盾擊，是使用盾的一種戰鬥方式。」女騎士認真回答孩子們的問題，又有點傷腦筋地說：「不過首先要把你們放出來，你們知不知道鑰匙在哪呢……？」

當女騎士將孩子們帶出地下監牢時，遇到正在戰鬥的兩名騎士。

「喲，大隊長，什麼時候有了這麼多孩子啊？是和外頭哪個男人生的？」其中一名騎士這麼說，那正是帥氣騎士的聲音。

儘管語氣十分輕挑，他的樣子卻是截然相反。他的一條手臂似乎已經不能動彈，身上的盔甲也傷痕累累，顯然經歷了一場激戰。

「人質都救出來了嗎？」高大騎士這麼說。和帥氣騎士一樣，他的背上插了好幾支箭，全身上下濺滿鮮血，已經分不清楚是敵人還是自己的。

見到兩名騎士的模樣，孩子們不禁嚇得躲在女騎士的背後，不過女騎士語氣鎮定地這麼說：「都救出來了，你們放心吧。」

「是嗎？太好了。」

「哼，我們都已經打成這樣，假如再沒救出來，我就該考慮搶下大隊長的位子了。」

高大騎士和帥氣騎士分別這麼說，而與他們戰鬥的魔王教徒一看到女騎士與孩子們便大吼：「供品要逃走了！快追啊！」

魔王教徒立刻成群衝上來，高大騎士和帥氣騎士見狀舉起了劍。

「居然把人叫成供品，真令人作嘔。」

「大隊長快走，我們掩護！」

不過就在這時……

「我們來支援啦！」

「快、快投降吧！」

教堂後門突然被用力打開，兩名見習騎士衝了進來。

「什麼，有援軍？」

「完、完蛋了啊！我要投降！」

「不行了，快逃啊！」

兩名見習騎士的參戰讓魔王教徒陷入混亂，而女騎士見機不可失，立刻帶著孩子們離開了教堂。

「救出人質後，我也加入了戰鬥。優勢徹底倒向騎士團，魔王教徒們不是投降就是逃走……當戰鬥結束後，我們才發現獸人騎士已經死了。」女騎士的敘述來到了尾聲。

說到這，女騎士露出了悲痛的表情，「沒有人確定獸人騎士是怎麼死的，因為當時戰局實在太混亂了。一直以來，我們都以為他是被魔王教徒殺死的，直到現在……」

聽完女騎士的故事，現場沒有人出聲，一時之間陷入一片沉默。一旁甚至有名衛兵因而動容，忍不住把臉別到一旁。

「原來如此，我知道整個故事了。」過了一會，教授才點點頭，「後來有找到那些逃走的魔王教徒嗎？」

「沒有。」女騎士搖了搖頭，「我們推測他們逃離帝都後，不是去投奔魔王，就是死在半路上了。而抓到的那些魔王教徒也都否認殺了那名騎士，很難想像他們有說謊的理由，因為就算否認也不可能減輕他們的罪刑。」

教授點點頭，又問：「可以介紹一下其他參與任務的成員嗎？」

「嗯……三個人都是人類男性。」女騎士一邊回想著一邊說：「兩個騎士現在都已經是騎士團的重要幹部了，一個是現今的副團長，一個接了我的位置成為第二大隊長，而見習騎士明年應該就會結束訓練，成為正式騎士。」

「他們私底下的為人怎麼樣？」教授又問。

「副團長的話，他的身材高大，是一個沉著的人。從來沒見過他驚慌的樣子，是個典型的騎士，平時深藏不露但又值得信賴。他常常提攜後輩，和後輩混在一起，年輕騎士們也十分愛戴他。

「至於第二大隊長嘛……」說到第二大隊長，女騎士不禁皺起了眉，像是想起討厭的東西，「雖然長相帥氣，但十分驕傲，而且有嚴重的性別刻板印象，認為女性和其他種族不應該加入騎士團，只有人類男性才能成為騎士。

「至於那名見習騎士，他是個有銀色頭髮的美少年。」聽到女騎士描述，教授這才知道原來就是接送他的那一位，「老實說我和他不是很熟，不過因為他的長相……嗯，有點女孩子氣，因此在團裡很受歡迎，甚至比我還……」

「原來你在這裡。」女騎士話還沒說完，突然出現一個聲音，「還真大膽，竟敢讓我等啊。」

「聖女大人。」教授連頭都沒回，就這麼答道：「不好意思讓妳久等了，不過作為辯護人，我認為先和被告見面是最重要的。」

「哼。」聖女緩緩走了出來，身旁兩個衛兵一臉緊張，畢竟聖女出現在這種地方，要是有什麼萬一可不是他們擔得起的。

「有什麼好說的。」聖女說：「被害人都指認了凶手……」

「請把話收回去！」女騎士大聲地打斷了聖女，「我絕不會加害同袍！就算妳是聖女，也不能這樣侮辱我！」

「聖女大人，任何人在審判前都是無罪的。」教授在一旁幫腔。

「……好吧，我『暫且』收回我剛剛的那句話。」聽到教授這麼說，聖女一臉不屑地這麼說：「在這個地方待夠了吧？所有人都在等著你呢。」

「再做一件事，我就離開這裡。」教授走到一旁，用勺子舀了一勺水，「聖女大人，可以請妳把門打開嗎？」

「……哼，你怎麼知道鑰匙在我這？」聖女冷哼了一聲，從懷中拿出一把鑰匙。她看向衛兵們，嚇得他們拚命搖頭，「誰跟你說的？」

「我猜的。」教授的一句話拯救了衛兵們，讓他們對他投以感激的目光，「把人關在單獨囚房中，外頭還派人看管，這除了防範犯人逃出之外，也可以說是在保護犯人的安危。妳畢竟是聖女，不會讓人受到折磨。」

「只是因為她是重要的囚犯而已。」聖女冷淡地說：「假如審判前就死掉的話，可能會傳出對我或聖女教不利的謠言，像是說我偷偷把她殺掉之類的，我可不想浪費復活魔法在罪人身上來證明自己的清白。」

「是嗎？」聽到聖女這麼說，教授只是要求：「那麼可以請妳把鑰匙借給我嗎？我想讓團長閣下喝點水。」

聖女把玩一下鑰匙，想了想把它遞給了教授，見到這一幕的衛兵不禁擔心地說：「聖女大人……」

「怕什麼？」聖女不以為然，「難道怕他們用勺子逃獄？還是用那點水殺人？反正除了喝水，他們什麼都做不了。」

教授用鑰匙打開囚房，走到女騎士身旁，拿起勺子靠向女騎士的嘴，一點一點地餵著她喝。

女騎士大口大口喝著，似乎已經很渴了，一勺水很快就被喝個精光。教授拿出手帕走向前，想要替她擦一擦臉。

「等一下！」女騎士連忙制止，接著才不好意思地說：「那個……好久沒洗澡了，我怕會有味道……」

「我沒有聞到什麼味道。」教授堅定地向前，小心翼翼替女騎士把臉擦乾淨，又順便幫她整理了一下儀容。

「謝謝。」當教授整理得差不多時，女騎士有些害羞地小聲道謝。

教授則是摸了摸女騎士的頭，「我會救妳出來的。」

聽到教授這麼說，在場所有人都露出警戒的神情，不過下一句話就打消了他們的疑慮。

「我一定會證明妳的清白，把妳從這裡救出去！」

女騎士的一張俏臉變得通紅，但她還是點了點頭，露出信賴的表情，「好，我相信你。」

「歡迎你，教授，我們已經久候多時了。」

離開監獄之後，馬車來到了騎士團總部。才一下車，教授就看到一位身穿騎士團鎧甲的大叔前來迎接。

大叔年約四十多歲，身材高大，長相帥氣，臉上除了鬍子之外，還有很明顯的一道傷疤，看起來就像是身經百戰的樣子。

「我是騎士團的副團長，請多指教。」大叔用富有磁性的聲音自我介紹，並對教授伸出了手，「請問您去哪啦，聖女大人很生氣呢。」

「啊啊，請多指教。」教授和副團長握了握手，感受到對方的手勁不小，「不好意思讓你們久等了，我剛剛去見團長閣下，之後又去了一些地方。」

「……原來如此。」副團長點點頭，「不好意思讓你費心了。」

「你相信那位騎士的證詞嗎？」教授問：「你真的覺得你們團長是凶手嗎？」

副團長先是沉默了一會才回答：「作為騎士團的一員，我當然不願意相信團長會傷害同袍，但是被復活的騎士至今仍堅持團長就是凶手，而我也沒有理由懷疑他。這也是我們請你過來的原因，要請你找出真相。」

聽完副團長的說明，教授點了點頭。

「那麼，請恕我先失陪。紀律審查委員會即將開庭，我還要做一些準備，我們到時候庭上再見吧。」副團長說完就頭也不回地離開了，留下教授在原地。

「那個……教授。」這時在一旁的見習騎士出聲提醒：「請跟我來吧。」

見習騎士帶著教授走進騎士團總部裡頭。騎士團總部是棟四邊形的建築，中間是座練習場，周圍堆放著練習劍和盔甲。一旁還立著一排木頭人，有不少騎士們在那邊正以木頭人為對手操練著。

一路上他們與不少騎士擦身而過，錯身時他們都不禁多瞄了教授兩眼，同時還以一種幾乎可以說是愛慕的眼神看向見習騎士。兩人來到了建築左翼最角落的房間前，見習騎士敲了敲門，裡頭立刻就傳出副團長的聲音，「請進。」

見習騎士推開門，兩人走了進去。房間裡頭有著一張圓桌，上頭擺著三件代表騎士團的擺飾——一根點燃的蠟燭，象徵光明；一座栩栩如生的飛馬雕像，象徵忠貞；還有一朵插在花瓶裡的白玫瑰，象徵名譽。

圓桌旁坐著三個人，副團長、獸人騎士，和一位金髮帥哥。金髮帥哥雖然是個美男子，但卻一臉傲氣，讓人有種不易親近的感覺。

「教授你好。」副團長點點頭，指著金髮帥哥說：「容我來替你介紹一下，這一位是我們的第二大隊長。」

「你好。」教授伸出手，但第二大隊長反而手叉著腰高傲地說：「喔？你就是那位教授啊？久仰大名。不過只怕你來也沒用，畢竟凶手又不是用魔法殺人，而是用武器。」

聽到第二大隊長的挑釁，教授沒有反駁，只是維持原本的姿勢靜靜聽著。

「所以我就說女人不適合加入騎士團嘛。」第二大隊長又說：「你看『前團長』惹出這個麻煩，害得騎士團的威望都下滑了，現在居然就連這隻臭狗也被封為正式騎士……」

「大隊長。」副團長沉靜地制止，語氣不威而怒，第二大隊長這才心不甘情不願地握了握教授的手並道歉：「抱歉，我失言了。」

「教授，這次的紀律委員會是要審查被告，也就是團長，是否適合繼續待在騎士團並保留騎士身分。」副團長解釋：「雖然並非正式法庭，但是這裡的裁決之後也會提供給法院參考。」

教授點了點頭。他知道副團長的意思，假如在這裡得出對女騎士不利的裁決的話，也會給之後的審判帶來負面的影響。況且以他對女騎士的了解，假如喪失騎士資格的話，對她的打擊一定也很大。

「裁決的審判官是誰呢？」教授這麼問。

「是我。」一個熟悉的聲音這麼說，聖女緩緩走了進來。而一見到聖女，所有人都站起身來表示尊敬。

「坐下吧。」聖女揮手示意，「雖然一般都是騎士團裡的人充當審判官，但由於這次涉及的對象正是騎士團團長，因此他們決定請我來當審判官，這樣比較公正。」

「這樣好嗎？」教授質疑，「我沒有對聖女大人不敬的意思，不過在場的都是當事人，希望能有獨立的第三方加入。」

「很遺憾，雖然你說得有道理，不過這是上頭的指示。」副團長嘆氣，「上頭希望這件事情能速戰速決，而且不要牽涉到太多人。」

「哼，放心吧。」聖女不悅地說：「作為侍奉神的人，我會保持絕對公正，不會先下定論，也不會讓任何不相干的因素影響到判決。」

「……我知道了。」教授見到事已至此，看來再說什麼也沒有用，只好妥協繼續進行審查會，「那麼，我們就先請當事人說明一下那天到底發生什麼事好了。」

獸人騎士聞言便站了起來，開始陳述：「那天我參加剿滅魔王教的任務，那群神經病在這裡建立一個巢穴，還抓了好幾名孩童，打算舉辦什麼鬼儀式……」

獸人騎士開始描述起那天的任務，和一些背景資訊。雖然他的表達能力不大好，說的內容又和女騎士差不多，不過教授還是仔細聽著，偶爾更會詳細追問，確認一下細節。

最後獸人騎士講到了最重要的部分，也就是自己臨死前的那個時候。

「我被指派看守後門，防止敵人逃走。」獸人騎士這麼說：「我和同伴躲在後門附近埋伏，假如有神經病想從那裡逃走的話，就可以將他們一網打盡。

「晚上六點的鐘聲響起，根據計畫，其他人會在那時闖入那群神經病的巢穴。但我們聽到敵人聲勢浩大，覺得前輩們可能會撐不住，於是當下就決定要衝進去加入戰鬥。

「我們衝進去後，就在教堂的大廳戰鬥，場面十分混亂，敵人一個接著一個冒出。我好幾次差點遇到危險，還好有副團長出手幫忙。」說到這他搥了搥胸，之後用手指向副團長，尾巴也跟著搖來搖去。

副團長也對獸人騎士點了點頭作為回應。

「我看到有兩個神經病想要逃走，於是上前去追，就是在那個時候被那女人偷襲的。」獸人騎士憤憤地說：「我記得看到劍尖從自己胸前穿了出來，才意識到被人從背後偷襲，之後就失去了意識……」

「等一下。」教授突然問：「假如是被人從背後偷襲，那你又是怎麼知道偷襲者的身分呢？」

「在倒下去快要失去意識的瞬間，我有用餘光瞄到一眼偷襲者的樣子。」獸人指證歷歷地說：「雖然看不清楚臉，但對方身穿騎士團的鎧甲，又有一頭金髮，而且聲音很尖，在所有人當中，就只有那女人符合這些條件吧。」

「唔……」教授還在沉吟，第二大隊長就很不客氣地打斷他們的對話。

「已經沒什麼好說啦！就是前團長殺了這小子的吧。」

「動機是什麼呢？」教授很有耐性地問。

「天曉得啊。」第二大隊長聳了聳肩，一幅不在乎的樣子，「搞不好是這隻臭狗哪裡得罪她了，或是單純看這隻臭狗不爽……不過這倒也不能怪她就是了。」

「你這是什麼意思？對我哪裡有意見嗎？」獸人騎士聽到第二大隊長這麼

說，尾巴立刻就憤怒地膨了起來。

「好了，冷靜點。」副團長及時制止了他們。他先是安撫獸人騎士，又訓斥第二大隊長：「大隊長，再說一次，請注意用詞。假如再這樣，我就要考慮把你趕出委員會。」

「嘖！」第二大隊長咋舌，但倒沒有再多說些什麼。

「你和你們團長有什麼過節嗎？」教授又問獸人騎士：「還是有過什麼不愉快的事情嗎？」

「……沒有。」獸人騎士想了想，搖搖頭，「印象中我從來沒得罪過那女人，況且我和她又不熟，只是剛好出同一個任務而已。」

「我明白了。」教授轉換話題，「那接下來，我想問問其他幾個當事人那天的情形。」

「我沒什麼印象了。」第二大隊長用一副無所謂的態度答道：「畢竟我參加過太多任務，基本上就和那隻臭狗……我是說，和那小子說的差不多吧。」

看到副團長的眼神，第二大隊長勉強改口。

「……我記得的也和其他兩位差不多。」副團長也這麼說：「比較有印象的是敵人的武器都是長矛和弓箭，所以只有劍和盾牌的我們才會打得那麼辛苦。而且就算兩位見習騎士加入，我們還是寡不敵眾。」

「……啊啊，確實有這麼一回事。」第二大隊長想了想，點點頭附和，「前團長在地下室待很久，那段時間就只有我們四個人作戰，而且敵人剛好處於逆光的位置，一開始就被搶了先機。現在想想，雖然突襲給了我們一些優勢，但對方好像也準備得相當充分。」

「那個……」見習騎士加入補充更多細節，「我記得團長是先護送人質出去後，才回來參加戰鬥的，副團長救了我們好幾次，大隊長則是在二樓……」

「啊啊！好了吧！」從剛剛就一臉不耐煩的聖女忍不住出聲打斷，「就像剛剛那位騎士所說，當時在場的人除了團長之外，沒有人符合這些條件，凶手一定就是她了吧！」

聽到聖女這麼斷定，其他人都沉默了。接著所有人都默默點了點頭，同意聖女的結論。除了一個人之外，那個人不是別人，正是教授。

「在下最後決定之前，我想再確認一次。」他這麼說：「你們是否願意以自己身為騎士的名譽發誓，保證你們剛才所說的一切陳述都是事實？」

一聽到教授的發言，就連原本愛理不理的第二大隊長表情也變得凝重起來。除了還不是正式騎士的見習騎士，其他三位騎士都一手放在胸前，另一手高舉拔出的佩劍宣誓：「我在此以自己的名譽發誓，所說的一切皆為事實。」

「好的。」教授見狀點點頭，之後立刻拋出了震撼彈，「那麼根據這些證詞，我可以確定你們的團長不是凶手！」

聽到教授這麼斷言，在場的人全都目瞪口呆。

「……什麼？」最先打破沉默的是獸人騎士，他雙手一拍桌子，衝動地反駁：「你憑什麼確定的？我的證詞哪裡有問題嗎？」

「……是啊，教授。」副團長也追問道：「雖然有些冒犯，不過你是如何確認團長是無辜的？這可是要有證據的。」

「哼，我看他只是隨便說說罷了。」第二大隊長冷冷地嘲諷：「畢竟他和前團長的關係似乎很好，當然想袒護對方啦。」

聖女只是默默看著教授，想看他怎麼出招。

「你剛才說，你是被人從背後用劍刺穿而死的，對吧？」教授看著獸人騎士，「可是她的劍在那時已經斷掉，不能再使用了。」

聽到教授這麼說，所有人都不禁愣了一下。

「哼，你是聽誰說的？」第二大隊長很快反應過來，「該不會是她本人的說詞吧？那樣可是沒有可信度的。」

「而且你怎麼知道她的劍是什麼時候斷的？」獸人騎士又追問：「搞不好是在殺死我之後劍才斷掉的啊？」

「一開始我確實是從團長閣下那邊聽到的。」教授不否認，第二大隊長聽到後則是冷哼了一聲。

「不過在來這裡之前，我先去拜訪了一些人，那些人正是兩年前那場任務中被你們救出來的人質。我想你們應該會很高興聽到那些孩子都還活著，現在也過得不錯。」教授接著說：「而且他們對那時候的情形還記憶猶新，他們說團長閣下的劍是在救他們出來時折斷的，也都願意為此作證。」

「我記得根據你的說法，你們四位作戰時團長閣下還在地下室裡吧？從時間上來看，她也不可能會是凶手。」教授指向第二大隊長。

聽到教授的推理，第二大隊長只能露出不甘的表情，「可惡……」

「等一下！」這時聖女忍不住插嘴，「雖然無法用自己的劍，但她有可能用別人的劍，說不定是從邪教徒那邊搶來，或救出人質後拿了一把新的。」

「那些被救出來的孩子說，團長閣下在把他們救出教堂後，就把他們交給一隊剛好巡邏路過的衛兵，之後就立刻回去參加戰鬥，沒有拿任何新的武器。」教授說：「至於從敵人那邊搶……根據副團長閣下的說法，敵人都是拿長矛或弓箭，並沒有劍吧。」

「……是的，沒錯。」副團長點了點頭。

「而你們的劍也都在自己手上，團長閣下不可能拿來用。」教授下了最後的結論，「這樣應該就能洗刷她的嫌疑了吧。」

聽到教授這麼說，所有人都有不同的反應。獸人騎士站在原地，目瞪口呆；見習騎士怯生生地躲在一旁，不敢說話；第二大隊長雙手環抱，一臉不以為然；而副團長則是頻頻點頭，認同教授的說法。

而至於最關鍵的聖女抿起嘴沉默著，臉上沒有任何表情，使得所有人的目光都聚焦到她身上。

她突然唰地一聲猛然站起來，大步走到教授身旁，讓在場所有人都嚇了一跳。然而，聖女接下來的舉動才叫他們大吃一驚。

因為聖女居然對著教授，低下自己的頭。

「對不起，我錯了。謝謝您指出了我的過錯，假如沒有您，我恐怕會被自大和驕傲蒙蔽，做出不正確的判決，冤枉那位無辜的女騎士了吧。」她這麼說。

「聖女大人！」

「聖女大人？」

「聖女大人……」

眾人一陣錯愕，不禁紛紛喊道。

「請原諒我。」然而聖女並沒有理睬其他人，繼續對著教授低下頭，「我收回先前說過的那些話，您的推理是十分必要且正確的。雖然這麼說有些厚臉皮，但是您願意原諒我嗎？」

「請抬起頭來吧，聖女大人。」教授這麼說：「每個人都有自己的盲點，我只不過是整合了大家的證詞，得出一個結論而已，對於妳說過的話，我早就沒放在心上了。另外，也用原本的方式說話就好了，不用那麼客氣。」

「謝謝你。」聖女這才抬起頭，臉上露出甜甜的笑容，「你還真是溫柔呢。」

這時教授才意外地發現，聖女其實是個坦率的好孩子，並且她笑起來十分可愛。

「那麼，我現在在此下達判決——撤銷對被告的一切指控，被告應立即被釋放，並恢復原先所有職務。」聖女這麼宣布。

「謝謝你，聖女大人。」教授連忙對聖女低頭致謝。

「哪裡，這是應該的。」見到教授對自己表達感謝，聖女連忙回禮，一張俏臉也紅了起來。

「聖女大人，請等一下！」但在這時，獸人騎士突然說：「假如那女人不是凶手的話，那殺死我的真正凶手到底是誰呢？」

「放肆！不能對聖女大人這麼無禮！」副團長見狀連忙斥責。

獸人騎士聞言，耳朵和尾巴垂了下來，「可是……」

「副團長，這次我贊同這小子。」出乎意料的，第二大隊長出聲支持獸人騎士，「雖然說這個委員會的目的並不是要找出真凶，但畢竟這件事已經鬧得滿城風雨，只是把前……我是說，團長不是凶手這個結論交上去的話，上頭肯定不會滿意。再說，假如我們抓不到真凶的話，不只是騎士團，聖女大人在民間的聲譽肯定也會受損。」

「唔……」聽到第二大隊長這麼說，副團長一時間也無法反駁。

反倒是聖女一臉坦然，「我無所謂，不需要特別為了我做些什麼。」

「這樣真的好嗎？首次復活儀式就惹出這麼大的風波，對聖女大人來說也是相當不利吧。」第二大隊長繼續說服，「況且現在連聖女使出的不是復活魔法，而是黑魔法這種荒誕的謠言都出現了！最好的方法就是找出真相，以平息民眾的猜測了。」

「……不得不說大隊長的意見有幾分道理。」副團長沉默了一會，同意了第二大隊長的看法。

「我也想找出凶手。」獸人騎士也贊同，「一想到凶手有可能是騎士團的人，就覺得不安心，這樣以後出任務時，要怎麼把背後託付給伙伴啊？」

在場大部分人都想要找出凶手，這讓身為審判官的聖女也不好就到此結案。

「雖然你們說得都對，但是又有誰知道真正的凶手是誰呢？」聖女無奈地說：「不知道凶手的話，我們現在討論這些都沒有意義啊。」

聽到聖女這麼說，所有人都陷入了沉默。除了一個人之外。

教授舉起手，吸引了眾人的目光，「我想，我可能知道凶手是誰。」

「什麼！」

「是誰？」

「真的嗎？」

眾人異口同聲驚訝地說。

聖女興奮地用雙手握住了教授的手，「太好了！你是怎麼知道的？難不成有什麼特殊的魔法可以證明凶手的身分嗎？」

聽到聖女這麼說，所有人都安靜了下來，臉上露出興奮的表情。然而出乎意料的，教授卻搖了搖頭。

「不，我沒有什麼特殊的魔法。」教授說：「只不過是同樣從證詞中得出的結論。相信大家只要冷靜下來想想，應該也能推理出……」

「別再拖拖拉拉了！」教授話還沒說完，第二大隊長就粗魯地插嘴，「從剛才那小子的證詞來看，唯一符合凶手所有特徵的不就只有團長嗎？」

「……有時候，證詞並不一定就是真相。」儘管被打斷，教授還是冷靜地回應。

「你是說……那小子說謊囉！」第二大隊長先是瞪大眼，之後瞇起雙眼，嘴角上揚露出一抹不懷好意的笑容，欣喜若狂地說：「我就知道！說吧，臭狗，為什麼要誣陷團長？」

「我才沒有說謊！」遭到指控的獸人騎士一腳踢開椅子，急躁地說：「我說的全部都是真話！你這傢伙才是……」

「注意一下，這可是在聖女大人的面前！」副團長連忙擋在兩人之間，想要介入爭執。

「我並沒有指控誰說謊。」這時候教授的一句話及時化解了即將引爆的衝突，讓眾人都看向他，「但是有的時候即使是真話，還是有可能被誤導，而並非真相。」教授站起身，伸手拿起象徵光明的燭臺。眾人像是被催眠一樣，目光一直跟隨著教授。

「根據你們的說法，那時候是夏天，因此就算是晚上六點，應該還有太陽。」教授一邊說，一邊緩緩邁出腳步。

「再加上大隊長說因為逆光，所以很難戰鬥。所以我猜測，教堂裡頭應該充滿太陽的光線吧，而那時候已經是夕陽了，金黃色的陽光在教堂裡，看起來應該就和這燭臺的火光顏色差不多。」教授走向凶手，拿著燭臺靠近他，「然後，這光線誤導了受害者，讓他以為看到的凶手是金髮。

「你說話的聲音很輕柔，不仔細聽的話就會誤認成是女孩子。而你自己也說過，你在全副武裝的時候，很多人都會誤認你為團長。」教授對凶手這麼說：「我說得沒錯吧？」

面對教授的指控，見習騎士低下頭，身體微微顫抖著，一句話也說不出來。而他銀色的頭髮則是在火光照射之下，反射出了金黃色的光芒。

副團長放下劍，結束了一天的操練。每天這個時候他都會提著劍，來到練習場鍛鍊，一方面是防止自己的技巧生疏，而另一方面，則是和在這裡操練的年輕騎士們切磋。

除此之外還有指導菜鳥，其實他大部分的時間都花在後者，像是替菜鳥騎士們矯正姿勢或尋找弱點等，這些老鳥們不願做的麻煩事。

他的教法很好懂，一下子就能找出問題和解決的方法，使菜鳥騎士們一下子就有明顯的進步，這也是他之所以獲得年輕騎士愛戴的原因之一。

「副團長辛苦了！謝謝您的指導！」

「謝謝您！果然照副團長說的重心放低一點，感覺就好多了。」

兩名接受指導的年輕騎士對他行禮。

「嗯。」他點了點頭，「你們都表現得很不錯，持續下去。」

「副團長，那我呢？剛剛都沒有給我建議耶。」獸人騎士在一旁問道。他剛才也在場上練習，因此迫不及待地問副團長對自己的評價。他的耳朵豎了起來，似乎是既期待又怕受傷害。

「呵。」見到獸人騎士的模樣，副團長忍不住輕笑一聲，「你表現得很好，完美無缺。建議是給有需要的人的，你就別那麼貪心了吧。」

「好呀！」聽到副團長這麼說，獸人騎士開心地歡呼，尾巴也擺來擺去，十分高興的樣子。

「不過還是要小心啊。」副團長又補了一句，「你才剛復活，身體還有點不適應吧？慢慢調整狀態讓自己習慣，可別受傷了。」

「是！」獸人騎士大聲地回答。

副團長也對另外兩名年輕騎士說：「你們早點休息吧，雖然練習很重要，但讓身體獲得足夠休息也是必要的，調整身體達到完美狀態也是騎士工作的一環。」

「是！」

「謝謝副團長！」

兩名年輕騎士聽到副團長居然這麼關心屬下，忍不住感激涕零地大聲回話。

「副團長，有人找您！」這時另一名年輕騎士走了過來，他身後跟著一個男人。

「喔喔！」見到來者，獸人騎士不禁露出高興的表情，「教授你來了啊。」

「你們好。」教授對他們點頭，打了聲招呼。

「不好意思把你找過來。」副團長說：「有個人希望能你，不過他不方便去學院或在外頭閒逛。」

教授點了點頭，「沒關係，我正好也有事要來這裡一趟。」

「喔？那實在太巧了。」獸人騎士說：「是要找團長嗎？」

但教授搖了搖頭，「雖然想見她，不過她現在應該很忙吧。」

「是啊，因為先前在獄中，有不少待辦的工作。」副團長笑著說：「她還堅持要鍛鍊，把好幾個對練的騎士操到快虛脫，溜了好幾個。上頭明明給她放一個月的假，她卻很堅持堅守崗位，說什麼『既然是假期，那怎麼使用是我的自由吧』。」

「哈哈，確實很像她會說的話。」見到副團長模仿的女騎士有那麼幾分像，教授也不禁笑了起來。

「不過還是找個時間去看看我們團長吧，她會很高興的。」副團長又這麼說。

教授則是點了點頭，「我知道了。」

「那個人……似乎還沒有出現的樣子。」副團長左顧右盼後，轉而問教授：

「那麼，請問你來這裡有何貴幹呢？」

「其實是來找你的。」教授說：「關於那天的案情有些事情想要請教，現在方便嗎？」

「……我知道了。你們，先去把器材收一收吧。」副團長對其他騎士下令，等他們離開後才問：「好了，你有什麼想知道的事情嗎？」

「有一點讓我百思不得其解，那就是動機。」教授開門見山直說：「為什麼那位見習騎士要殺人呢？從他和受害者的互動，我看不出他們有什麼嫌隙，而受害者似乎也沒發現對方怨恨自己。」

「是不是他和魔王教有什麼關係呢？」副團長推測。

教授搖搖頭，「假如他是魔王教的信徒，目標應該會是你們團長，當時她才是隊長。就算團長武藝高強他不敢靠近，你和第二大隊長也都比受害者還要有殺害的價值，畢竟受害者那時只是一介見習騎士而已。」

「……說得也是。」副團長點了點頭，「所以，你想問什麼？」

「假如接下來的問題冒犯到你，我先道歉。」教授這麼說：「你知道凶手行凶的真正動機，對嗎？」

「……你是怎麼看出來的？」副團長先是沉默了一會，最後才承認。

「有一點讓我覺得很奇怪，堂堂騎士團副團長，為什麼要特地請聖女來復活一位見習騎士。」教授說：「他是獸人，所以你們不可能有血緣關係，但一定有某種親密的關係。就算他不知道，但你很有可能心知肚明……」

「哼，原來如此。」副團長哼了一聲，「好吧，事先聲明，我原本也沒有意識到凶手的身分，直到你指出凶手，我才發現他居然會為此殺人。」

「我明白了。」教授點頭。

「那麼，我就坦白說了。」副團長先深吸一口氣，才拋出一顆震撼彈，「其實，凶手以前曾經和我求愛過。」

「……這還真是出乎我的意料之外。」過了好一會，教授才這麼回答。

「外人或許很難理解，不過這可以說是騎士團的傳統了。」副團長解釋：「以前騎士團只允許人類男性加入，又因為訓練和任務，所有人必須要朝夕共處。時間久了，自然就會產生某些曖昧的情愫，而當那份感情變成愛情時，很容易就會跨過那條線。」

「……那麼，我想你一定是拒絕了？」教授這麼推論，而副團長點了點頭。

「是的，我拒絕了。」副團長說：「因為我已經有伴侶了，至於是誰……我想你早就已經推理出來了吧。」

「是的。」教授點了點頭，「畢竟你可是好不容易才請到聖女來復活他呢。」

「沒錯，雖然我沒和凶手說這件事，但我想還是很難隱藏。」副團長又說：

「畢竟所有人那麼長時間相處，要不被發現是不可能的，但我萬萬沒想到他居然嫉妒到這種地步，早知如此我就……」

說到這，副團長忍不住嘆息了一聲。教授沒有說話，只是靜靜看著遠方。

「抱歉，讓你見笑了。」副團長很快就重振起精神。

「不會。」教授說。

「這件事情還請你保密，特別是對他。」副團長對遠處正在收拾裝備的獸人騎士點了點頭。此刻他正和其他同伴大聲談笑著，一副無憂無慮的樣子。

「嗯，這是當然的」教授點了點頭。

「十分感謝。那麼……看來時間也差不多了，我就先退下了。」副團長對教授行了一禮，隨後轉身離開去幫年輕騎士們收拾東西。

「教授，你好。」這時一個輕柔的聲音從教授背後這麼說。

「聖女大人，妳好。」教授轉過身，「這身打扮很好看，很適合妳。」

聖女穿著白色無袖連身裙，戴著一頂大帽子，看起來宛如春天森林裡的妖精，十分可愛。而在她身後，有兩名神官隨侍在一旁。

「謝謝你。」聖女臉紅著說。

「為什麼不約在學院呢？」教授問：「是因為安全問題嗎？」

但聖女搖搖頭，有些不好意思地說：「在課堂對你說那些話之後，我實在沒有臉去學院……」

「別這麼說，同學們都很想妳呢。」教授說：「下次直接來學院找我吧。」

聽到教授的話，聖女低下頭小聲地說：「……那你呢？你會想再見到我嗎？」

「這是當然的。」教授肯定地回答。這讓聖女的臉更紅了，甚至連耳朵尖端也微微泛紅。

「我知道了，下次有機會的話……不過，那個，今天特地找你過來不是為了別的事情，是要給你謝禮。這次審判假如沒有你在場的話，我恐怕就會冤枉那名無辜的女騎士了吧。」

教授還來不及婉拒，聖女就又繼續說：「回去之後我想了想，不送點什麼來表示心意，實在說不過去，而且也有失作為聖女的面子。」

「……我知道了。」見到聖女說得那麼果決，教授也只好點點頭。

一看到教授點頭，聖女立刻喜不自勝地說：「太好了，那麼，請收下這個。」

她拿出一條墜飾，上頭鑲著一顆隱隱約約發著光的心型紅寶石。

「聽說你很喜歡魔導具，所以想來想去最後決定送這個。」聖女這麼說：「這裡頭封著我的魔力，有了這個，你就可以施展一次復活魔法。」

聽到聖女這麼說，教授不禁瞪大了眼。

「這麼珍貴的東西……」教授用雙手接過，並立刻戴上，「我知道了，我一定會好好珍惜的。」

聖女見狀忍不住露出笑容，但旋即神情就又變得落寞，「然後……其實，我等會就要離開這裡，啟程去隔壁王國，之後還有很多地方要去，會有一段時間無法來這裡。」

同時，一名隨侍神官也說：「聖女大人，時間差不多了。」

「知道了，我還想再說幾句話，你們先去那邊等。」聖女對神官們下令。他們點點頭，走到遠處的練習場出入口。

聖女再次轉身面向教授，吞吞吐吐地說：「不過……不過我一定會回來的！等我回到這裡的時候，希望能再次和你見面……可以嗎？」

「我很期待。」教授的這一句話，讓原本侷促不安的聖女眼睛立刻為之一亮。

「就這麼約定好了喔！」聖女像小鳥一樣，蹦蹦跳跳地往出入口走去。

「下一次見面時，請帶我參觀這個都市喔。」在離開前的最後一刻，她又轉過頭，臉上露出笑顏，大聲地這麼說。而教授則是揮了揮手，目送聖女和神官們的背影離去。

在聖女一行人離去之後，偌大的練習場就只剩下教授一人，其他練習的騎士們早就收拾完東西離開了。練習場十分空曠，周圍只聽得到風呼嘯的聲音，儘管太陽有露臉，還是讓人感到些許寒意。

教授往練習場的出入口走去，但沒幾步就突然停了下來。他隱隱約約聽到除了風聲以外的其他聲響，而那聲音十分耳熟。於是他在猶豫一會之後，往聲音的來源走去。

他走到練習場邊緣，這裡有著一座小花園，供騎士們平時休憩使用。花園被樹牆環繞十分幽靜，而聲音則是從樹牆後頭傳來，於是教授便走了進去。

樹牆形成一個巨大的迷宮，隔絕了外頭的聲音與動靜。教授信步而行，以聲音的來源為指引，繞了一下便走出了迷宮。接著映入眼簾的場景，讓他不禁屏息。

花園的中心碧草如茵，有如一條天然的綠色地毯鋪在地上，四周開著許多花，依照顏色層層排列，五顏六色十分漂亮，一旁還有個小噴水池，流出潺潺流水。

陽光灑落，讓這一切都被一層淡淡的金色光暈給包裹，看起來夢幻得簡直像是魔法創造出來的幻景。

而在這幻景當中，女騎士一身勁裝，手持一把細劍正獨自鍛鍊著。

「嘿！喝！哈！」她熟練地揮舞細劍，朝想像中的敵人發動猛攻，動作乾淨利落，讓人感受到一種美感。

「什麼人？」就在教授看呆的同時，女騎士突然一聲大喝，將劍對準教授。動作之快，讓教授連反應的時間都沒有。

不過很快地，待她看清來者是教授之後，就連忙放下了劍。

「咦！是、是教授？怎……怎麼會出現在這裡？」她手足無措慌張地說。

「不好意思打擾到妳練習了，我不是有意偷窺。」這時教授才反應過來，「只是聽到聲音，想過來打聲招呼而已。」

「沒、沒事。」女騎士嘴上這麼說，但神情仍十分動搖。

「我只是沒想到你會過來……現在不僅打扮得不好看，而且一身都是汗……」她撥弄著頭髮，動作也變得扭捏起來。

聽到女騎士這麼說，教授輕笑了一下，「沒關係，我沒有聞到什麼味道。」就和那天在監獄，他替女騎士打理儀容時所說的話一樣。

女騎士漲紅了臉，露出嬌羞的表情。

「這裡是妳特訓的祕密基地嗎？」教授又問：「很漂亮呢。」

「其他騎士很少會來花園，所以要獨自一人特訓的時候，我都會來這。」女騎士點點頭，「被關了那麼久沒有做訓練，身手都生疏了。」

「我從副團長那邊聽說了。」教授微笑著點點頭，「聽說妳還把好幾名陪練的騎士嚇跑了。」

「唔……可惡的副團長，這樣說不就顯得我很沒有女人味嗎……啊！」女騎士的臉紅了起來，先是埋怨幾句，接著似乎又想到什麼連忙說：「對了，我要謝謝你！我能從監獄出來、恢復騎士團的職務，這都要感謝你！」

「不會……」教授話還沒說完，女騎士就情緒高漲地繼續說。

「那時候教授真的很帥呢！一邊摸著我的頭一邊說『我一定會救妳出來的』。我時常會不由自主回想起那一幕，不管是在訓練、吃飯或晚上在床……啊！沒、沒事！」

話說到一半，女騎士才驚覺因為太過興奮，居然差點說出奇怪的話。她不禁面紅耳赤低下了頭，但眼睛還是偷偷瞄向教授。

然而出乎意料之外的是，教授竟然也害羞了。教授將頭微微別過去，並用一手遮掩住下半臉，但變紅的耳朵和後頸還是透露出一些端倪。

「抱、抱歉……」教授注意到女騎士發現了他反常的樣子，不禁不好意思地辯解：「我只是有些不習慣被人那麼熱情的對待……」

「是、是這樣啊……」女騎士這麼說。眼前教授的反應對她來說十分新鮮，或許也是因此使她有了想再更進一步的衝動。

「那、那個！」她有些緊張地要求：「假如方便的話，可以再摸一次我的頭嗎？上被你摸頭的時候，真的讓我感覺很安心……」

女騎士話還沒說完，教授就伸出手，不過這次輕輕觸碰了女騎士的臉，替她撥開訓練時因汗水而黏在臉頰的髮絲。女騎士驚訝地瞪大眼睛。

「妳不喜歡嗎？抱歉，我只是……」教授一邊這麼說，一邊打算收回手。

「不用道歉。」然而女騎士卻迅速抓住了教授的手，並閉上眼。

「不好意思，可以先繼續保持這樣一陣子嗎……」她緊握著教授的手，同時將頭輕輕地靠了上去。

兩人一時之間沉默無語，只感受到自己的心跳聲，和彼此的存在。

Midterm exam

指定受害者

身為帝國國立魔法學院的校長，他從未想過居然會被一張紙逼入絕境。

他身穿一襲黑色法師袍站在校長室裡，袍子的下襬拖在地上。儘管常被人說看起來飽歷風霜，身材卻十分矮小，這也是沒辦法的事，因為他是矮人。

才剛踏進校長室，準備要開始新的一天，但沒想到一進來看到的就是那張紙。紙被放在桌子正中央，十分整齊地與桌子邊緣平行，就如同他平時的習慣那樣。

除了一點——昨天他離開時，桌子上空無一物。這也是他平時的習慣之一，自從當上校長後，這十年來只要離開校長室，他就會把桌面清空。這裡有許多機密文件和珍稀的魔法書，要是放在桌上被看到的話就麻煩了。

他緩緩退了幾步，一路退出房間，眼睛還是盯著那張紙，就好像那不是紙，而是什麼危險爆裂物似的，之後朝坐在門口開始辦公的祕書問：「你進了老夫的辦公室嗎？」

「沒有，校長先生。」祕書搖搖頭。這個祕書從他當校長以來，就一直跟隨在這裡工作，不可能會騙他。

「叫警衛來。」校長深吸一口氣後，便這麼下令。

「是。」見到校長表情凝重，祕書二話不說站起身打算跑出去。

「慢著。」像是突然想到什麼，校長叫住了祕書，補上一句，「順便把『那位老師』也叫來吧。」

祕書點了點頭。憑著替校長辦事多年的經驗，不需要多說什麼，也知道校長口中的「那位老師」是誰了。

「沒有偵測到任何魔力。」教授看了看魔力探測儀後，對校長報告：「這只是單純的一張紙而已。」

「是嗎？」校長點了點頭，似乎放鬆了一些，「辛苦你了。」

「不會。」教授收起魔力探測儀。

一旁的祕書連忙問：「可是，那張紙是從哪裡來的呢？校長室的戒備可是相當嚴密，平時我都在大門前看著，下班時間也會鎖起來，還有施以防禦魔法保護不是嗎？」

「我沒辦法回答這個問題，因為還沒有線索。」教授說：「從放置的樣子來看，只能說那是人為的。這裡有東西不見嗎？」

「沒有。」校長說：「剛剛祕書去聯絡你們的時候，老夫先檢查過一遍了。沒有東西不見，甚至沒有東西被移動過，除了那張紙之外，一切都是老夫昨天離開時的樣子。」

「喔？」

「這不是很好嗎？」教授還沒說話，一個被叫過來的警衛這麼問：「沒有東西不見，也沒有損失，總比一進來發現所有東西都被偷走了來得好吧。」

「不，怎麼想都覺得不對勁。」教授搖搖頭，「雖然沒有到皇家監獄那樣，但這裡也是學院裡戒備最嚴密的地方之一，不是想進來就能進來的。犯人花了那麼大的勁闖入，卻只放了一張紙就走，也就是說……」

「對方的目的，就只是為了放這張紙而已。不……更準確地說，闖入這麼嚴密的地方，就只做如此簡單的事情，這是在向我們下戰帖。」

校長一邊說，一邊拿起紙端詳了起來，然而看著看著，他的臉色就變得一片鐵青。

「怎麼了？」

「你們先出去，這裡沒你們的事了。」校長指示包括祕書在內的其他人，之後猶豫了一會，才又對教授說：「你留下來。」

所有人雖然一頭霧水，還是乖乖走了出去，當他們離開後，校長親自關上門。

「說說看你的意見。」他遞出了那張紙給教授，除此之外沒多說什麼。

教授接了過來，發現是一張白紙。

「嗯……有點凹凸，並不平整。」教授開始觀察起那張白紙，「摸起來有些粗糙，但質料很好，可以感覺出是高品質的紙張……」

說到這他停了下來，看向校長，「但這並不是白紙。上頭有一個利用凹痕構成的魔法陣！」

「沒錯。」校長點點頭，「留下魔法陣作為媒介，要注入魔力才會顯現犯罪訊息，這是魔法師殺手的典型犯罪手法！」

「魔法師殺手……是那位以詛咒魔法出名的魔法師吧？」教授一邊說，同時朝那張紙注入魔力。

而原本空無一物的白紙在注入魔力後，浮現了一個魔法陣，旋即就出現一段文字。

公主已被詛咒。

想要解除詛咒的話，明天早上七點在學院中庭，把赤王計畫公布於世。

魔法師殺手

「天啊，居然是鄰國公主。」校長看到文字後不禁這麼說，臉色十分難看，「聽說魔法師殺手是個只要有錢，無論什麼事做得出來的傢伙，是許多國家的通緝要犯。而且至今真實身分還是個謎，姓名、長相都不清楚！」

教授沒有答話，校長則是煩躁地搔起了頭，「糟糕了，這可是國際問題。假如公主在我們這裡就讀卻被下了詛咒的消息傳出去的話，肯定會對學院的名聲造成損害！」

「校長……」

「啊啊，這下完蛋了！」校長不等教授說完，又繼續哀號。他拉扯著本來就很稀疏的毛髮，「之後新生的數量肯定會銳減，學費收入變少，弄不好還會被下令廢校。明明下學期預定要買新的魔導儀器，還要進行好幾個大型研究計畫，老夫房子的貸款也還沒還……」

「校長！」教授再次大聲喊道，這才打斷了校長的碎碎念。

「現在的首要事項，應該是確認公主是否真的遭到詛咒了吧？」教授這麼說。

「唔嗯嗯……也是。」被拖回現實的校長終於清醒過來，「你的魔力探測儀能檢測人類嗎？」

「理論上來說是沒有問題的。」教授點點頭。

「這件事在還沒證實之前，不能讓太多人知道。」校長搔了搔頭，最後這麼決定，「畢竟也不知道對方是真的要對公主施加詛咒，還是另有其他目的……就先檢驗看看吧。」

校長派出祕書，將公主從課堂上帶了過來。

這位公主是鄰國國王最小的女兒，也最受國王寵愛。她長相甜美皮膚白皙，有著一頭漂亮的亞麻色秀髮，讓人想到太陽下的麥田，儀態落落大方，態度親切。雖然貴為一國公主，卻一點架子都沒有。

「校長、教授好。」她禮貌地低下頭致意，「請問找我來有什麼事呢？是緊急的事情嗎？」

「是的，那位是公主殿下您的侍女嗎？」校長看向公主後方。

公主身後站著一位同樣穿著學院制服的美少女，少女有著一張清秀的臉，但卻面無表情，給人一種冰山美人的感覺。而最特別的是她的耳朵，末端有些尖，又不像純種精靈那麼長，這意味著她是個半精靈。

「是的。」美少女往前一步，朝兩人行了一禮，語氣平淡地說：「在下是公主殿下的貼身侍女，負責公主殿下在學期間的起居安全。」

校長和教授對望了一眼。校長點了點頭，「老夫知道了。妳來得正好，其實……」

校長很快地把事情的來龍去脈講了一遍，又拿出那張信紙給兩人看。

「啊！」公主親眼看到那張紙，不禁驚叫著摀住嘴巴。

「因此我們想要檢測一下，希望能獲得您的允許。」校長這麼說的同時，教授也拿出了魔力探測儀。

「我明白了。」公主很快就回復鎮定，並點頭答應：「那就麻煩你們了。」

教授拿著魔力探測儀，開始檢查起公主的身體周遭，探測儀隨即出現黑色的光芒，同時指針也在瘋狂地擺動著。

「天啊……」看到魔力探測儀這樣不祥的反應，不知道是誰說了這麼一聲。

「是詛咒沒錯。」教授冷靜地判斷，「雖然從公主的外表看不出來，但這是個十分強力的詛咒。」

公主又再次摀住了嘴，侍女在一旁準備隨時可以扶住她，不過臉上依舊是面無表情。而校長則是頹然地坐在椅子上，「請騎士團來吧，還要通知宰相和議會，這已經超出學院能夠處理的範圍了。」

「我已經知道事情的原委了。」女騎士大步走進校長室，並對公主說：「請問您有沒有感覺哪裡不適呢？」

公主搖搖頭。而跟著女騎士一起前來的第二大隊長，則是不客氣地斜眼看向教授，「居然會讓公主殿下被詛咒，學院的戒備是不是太鬆懈啦。」

「老夫深感慚愧。」校長低下了頭，「不過真的完全不知道魔法師殺手到底是什麼時候、在哪裡對公主殿下施加詛咒的。」

「哼，反正當事人也在這裡。」第二大隊長轉向公主，「那來問一下吧，請問公主殿下您……」

「等一下！」

「慢著！」

校長和教授急忙打斷他。

「你到底在想什麼！」校長生氣地說：「怎麼可以問被詛咒的人這些問題！」

「啥？」第二大隊長一頭霧水。

教授見狀耐心解釋：「詛咒魔法通常會有幾個特點，有限定時間、必須和受害人接觸，以及最重要的——被詛咒者不能說出詛咒的內容，否則詛咒就會立刻發動。」

「嘖，這樣要怎麼問話？」第二大隊長不悅地抱怨：「你們是魔法師吧，就不能施展什麼魔法來解除公主的詛咒嗎？」

「老實說，相當困難。」教授說：「詛咒這種東西本來就是不易施加、更難解除，就算一時解除了，之後還是有可能會復發。基本上，想要讓對方無法達成目的，又完全去除詛咒的方式只有兩種，施咒者自行解除或是除掉施咒者。」

「也太麻煩了吧。」第二大隊長不悅地說。見到他的反應校長有些傻眼，「所以才會請你們過來啊。」

「真是抱歉。」女騎士連忙道歉。

第二大隊長俊美的臉上眉頭深鎖，繼續抱怨著：「不能解除也不能問？那這樣要怎麼辦案啊？」

「那麼，就由在下來代替公主殿下回答吧。」在一旁的侍女突然上前，「在下大部分時間都和公主在一起，公主在學院的所有行程在下都知道。」

「對喔，是妳該負責公主的安全。」女騎士還沒說話，第二大隊長就搶著這麼說：「怎麼會讓妳的主子被詛咒啊，這算是怠忽職守了吧。」

「你給我安靜。」女騎士瞪了第二大隊長一眼。第二大隊長雖然不滿地嘖了一聲，但還是乖乖地閉上嘴。

「是的，這的確是我的失職。」儘管聽到第二大隊長的挑釁，侍女卻面不改色，「我會全力配合，彌補這次的過失。」

「好吧，那請妳回答我的問題。」女騎士發問：「首先，請問最近公主有離開過學院嗎？」

「沒有。」侍女搖搖頭，「為了安全，平時公主很少離開這裡，就算要離開，也一定會在有護衛的情況下出門，我們不會隨意離開校園。」

「那麼，最近校園有外人進來過嗎？」女騎士向校長問道。

「當然有。」校長回答：「可是這些人都是有正當理由的，警衛不會放閒雜人等進來這裡。」

「而且公主殿下這一陣子並沒有和校外人士接觸過。」侍女在一旁補充，「作為公主的貼身侍女，不管是上下課，還是寢室裡，甚至連在浴室沐浴，在下都可以保證是寸步不離公主。」

「不過，詛咒魔法也可以從遠距離施展。」校長這麼說：「假如施咒者是使用採集受害者身上的一部分那種傳統方法的話，那不管在哪裡，距離有多遠，都可以施加詛咒。」

「唔嗯嗯……」聽到校長的話，在場其他人露出了苦惱的表情。

「我有個想法。」教授突然說：「我們去找找看詛咒道具吧。」

「啥？詛咒道具？那什麼東西？」第二大隊長問。

見到第二大隊長這樣無知，校長嘆了口氣，「要施展詛咒魔法有兩種方式，一種就是剛剛說的，用例如毛髮、指甲等塞進人形物品施法；另一種是先施加詛咒在物品上，再讓受害者接觸該物，藉此轉移詛咒到對方身上。而不管是第一種的人形物品還是第二種的轉移物品，就叫做詛咒道具。」

「是的。」教授點頭，「雖然從公主殿下身上無法測得詛咒的內容，但假如找到詛咒物的話，就可以知道詛咒是何時施加的，這樣一來也許可以縮小詛咒內容的可能範圍。」

「不過……有那麼容易嗎？」校長說：「魔法師殺手應該也想到了這點，不會那麼輕易讓人發現詛咒道具。」

「我認為教授說的有道理。」然而女騎士支持教授，「一直在這裡討論也不會有結果，不如去找找看，搞不好有什麼發現。」

「而且也可以知道詛咒的方式。」教授又補充，「假如是第一種的話，這麼強力的詛咒光是毛髮或指甲是不夠的，還需要公主殿下的血，而一般人是不可能輕易取得的。我記得為了防止這種情況，王族都有一套防範措施吧？」

「是的。」侍女點了點頭。

「假如是這樣的話，魔法師殺手或者是雇用魔法師殺手的幕後黑手，就有可能是十分親近的人……」女騎士若有所思地這麼說。

「是的。」教授點頭，「第二種就的話不需要是親近的人，但詛咒物上或許會有一些線索。而且詛咒道具不能離公主太遠，至少要在校園裡頭，並且這一個禮拜內要和公主有過直接接觸才行。」

「原來如此。」女騎士又點了點頭，想了想又問：「那麼公主殿下，可否讓我們去您的寢室調查呢？我想寢室應該是最符合教授剛剛說的那些條件的地方。」

頭。

教授對女騎士露出了讚賞的表情，而公主雖然臉色蒼白，還是勇敢地點了點頭。

「那麼，就由在下來帶路吧。」侍女伸手示意，並和公主率先走出門外。其他人也陸陸續續跟上，只剩女騎士和教授殿後。趁著其他人都離開後，女騎士故意拖延，讓他們落後其他人一大段距離。

「和魔王城那個案子一樣呢，教授。」她這麼說：「又是一個非典型的案子，我見過的大部分闖入者都是為了要偷東西，但魔法師殺手反而是留下東西。怎麼好像和你在一起，就特別容易遇到這種奇怪的案子呢？」

「是嗎？我反而覺得遇見妳之後，才被牽扯進那麼多犯罪案件當中。」教授不由得微笑了起來。

「呼呼，是這樣嗎？」女騎士甜甜一笑，但立刻想起還在工作，便很快收起了笑容問：「教授，你覺得魔法師殺手是誰？」

「我知道你習慣等有證據才指認。」教授還沒回話，女騎士又很快地接著說：「不過現在狀況特殊，畢竟涉及到外國王族，宰相和議會很重視這個案件，所以最好越早有個嫌疑人越好，也比較容易和對方談判。」

「……好吧。」教授點了點頭，「那麼就目前手上的資訊來判斷，我認為魔法師殺手一定很了解公主殿下。其實大多數詛咒魔法都是如此，施咒者通常是受害者身邊親近的人……」

「你是說……」女騎士瞪大眼睛，隨後比了比耳朵，暗示嫌疑人是否是侍女。

「不過當然現在說這些都還太早。」教授又說：「假如這個案件那麼重要的話，那就更需要證據來證明了。」

公主的寢室位在學生宿舍最頂樓，雖然叫做學生宿舍但裡頭十分豪華，光是大廳就有華麗的吊燈、又軟又厚的地毯，與各種藝術品裝飾，甚至比一些下級貴族的住家還要來得高級。

「……原來學生都住這種地方嗎？」第二大隊長看到後，忍不住感嘆，「團長，要不要考慮改建一下騎士團的宿舍啊，和這裡相比，我們那邊簡直就像是哥布林的巢穴。」

「少廢話了。」女騎士忍不住翻了一個白眼，「你一天到晚外宿，就算宿舍改建成這樣你也不會回來吧。」

「不是所有學生都住得這麼好，這裡是要另外收費的。」校長解釋：「這裡是專門給像貴族子弟之類，有特別需求的學生住的。因此戒備也格外森嚴，就算是老師也要有特別許可才能進來。」

「原來如此。」

「那麼各位請往這邊走。」侍女說：「公主的房間在這邊。」

一行人來到公主的房間前，侍女拿出鑰匙打開門，在門後面的是一間相當氣派的房間。

鋪得整整齊齊的豪華床被，擦得一塵不染的窗戶。書桌中央有本攤開的課本，上頭斗大的標題寫著〈魔法史　第二章〉，紙張和文具隨意擺放在一旁，可以看得出房間主人也就是公主，是個十分用功的學生。

另外房間裡頭還附有私人衛浴、衣帽間和陽臺花園等奢華設施，外頭的風景也十分宜人，一眼望去可以鳥瞰半個學院。

「這間房間……是不是比校長室還大啊？」

「……畢竟是公主殿下的房間，校長室只是單純辦公的地方，兩者當然不能相比啊。」

進到房間後，眾人不禁這麼小聲議論了起來。

「好了，那請各位仔細搜查。」教授說明：「詛咒道具可能是任何東西，常見如首飾、珠寶或娃娃，也有可能是出乎意料的物品。假如有任何懷疑的東西請和我說，因為不知道詛咒的類型，請千萬不要直接觸碰！」

「好，我去那邊看看。」

「那我負責衣帽間……」

「大隊長，雖然很感謝你願意幫忙，不過請不要隨便亂翻少女的閨房。那邊給團長負責，你還是去陽臺花園吧。」

眾人各自散開進行搜索。而教授則是拿出魔力探測儀，開始檢測起傢俱，並和侍女攀談，「最近房間有增加什麼東西嗎？」

「印象中沒有。」侍女回答：「需要的東西都是從母國寄來，就算有急用得在這裡添購也會透過官方管道，應該不可能讓人有機可趁。」

「房間是妳負責收拾嗎？有沒有請其他人來打掃過呢？」教授又問。

「沒有。」侍女毫不猶豫地搖頭，「其他侍女負責的是別的工作，這間房間是我一手包辦。」

「喔？」

「教授，請你過來這邊一下好嗎？」教授本來還想再多問些問題，卻突然被打斷，只好暫時作罷。

一行人搜索了好一會，卻一無所獲。

「嗯……都看過一遍了，好像不在這裡。」女騎士這麼說：「要不要找找看其他地方呢？」

「哼，不用了，團長。」然而第二大隊長出乎意料地宣告：「我已經知道魔法師殺手是誰了！」

「什麼？」

「是誰？」

其他人紛紛看向他。而第二大隊長指向某人，並大聲說：「就是妳吧！」

他指著的對象不是別人，正是侍女。

「怎麼想都是妳最有機會吧。」第二大隊長繼續說：「不管是事後回收詛咒道具，還是搜集公主殿下的血液，這些一般人很難辦到的事，對身為貼身侍女來說應該很輕鬆吧。」

「你有什麼證據嗎？」面對大隊長的指控，侍女只是淡淡地反問。

「哼，妳早就湮滅證據了吧。」第二大隊長得意洋洋地說：「沒有證據反而加深了妳的嫌疑！因為其他人沒辦法像妳一樣有機會銷毀證據。」

「沒有證據就指控人？這就是騎士團的辦案方式嗎？」侍女冷冷地嘲諷：「看來貴國監獄裡應該有不少無辜的犯人吧，真是可憐。」

第二大隊長聞言不禁勃然大怒，「雖然沒有證據，不過在場的人當中，就只有妳有動機！」

「什麼動機？」

「妳的身分。」第二大隊長說：「身為明明有精靈血脈的半精靈，卻被迫屈居於下位服侍人類，妳一定很怨恨公主殿下吧？搞不好還偷偷和王國的其他派系勾結，要對公主殿下不利……」

第二大隊長話還沒說完，就停了下來，因為侍女的反應超出他的想像。她雖然還是面無表情，但一雙碧綠色眼睛猛然瞪大，瞳孔像貓眼一樣收縮，眼神如冰狠狠凝視著第二大隊長。

見到這一幕，就算是身經百戰的第二大隊長也不由得愣住，而在場所有人一時間也都被侍女的氣勢震懾得說不出話來，氣氛頓時降到了冰點。

「把話收回去。」侍女的語氣雖然平淡，卻讓人不寒而慄，「竟然指控我背叛公主，把話收回去。」

「唔嗯嗯……」見到侍女的反應，就連第二大隊長也無話可說。

這時教授也適時地插話：「大隊長，沒有證據是不能隨便指控別人的，目前只能說是有嫌疑而已。」

「……我知道啦！」第二大隊長氣沖沖地走到一旁，所有人都知道他是藉此來掩蓋剛才的失態。

「那麼該怎麼辦呢？」女騎士問：「不在房間的話，會在學院裡其他地方嗎？可是學院這麼大，又要怎麼找呢？」

「等一下。」但就在這時教授說：「有個地方我想要再搜一次。」

眾人的目光聚焦到教授身上，並且隨著他的行動，轉移到公主的書桌前。

「這裡也是妳收拾的嗎？」他指著與房間其他地方相比，顯得有些雜亂的書桌，並這麼問侍女。

「不是，畢竟國王陛下或其他大臣有時會寄信來，因此書桌是公主殿下自己整理的。」侍女這麼說。

「嗯。」教授點了點頭，並開始仔細地觀察了起來。眾人屏息凝視著教授。

「喂，有什麼發現嗎？」第二大隊長忍不住出聲。

「噓！」女騎士立刻制止，要他安靜。

「什麼啊？裝神弄鬼的……」第二大隊長忍不住碎碎念了起來。

「噓！」這次其他人也一同制止，讓他只能乖乖閉嘴。

教授看著擺滿了書的書架，上頭有像《初級魔導學》、《魔法史》、《魔藥學概論》這樣的課本，也有其他如詩、小說等課外讀物，可以看得出公主十分喜愛閱讀。

「發現什麼了嗎？」女騎士走到教授身邊也看向書架，不過不管怎麼看，都沒看出任何值得注意的地方。

「是的。」教授點了點頭，並伸出手分別指向書架和書桌，「公主是個用功的學生，但也不會需要用到兩本相同的課本吧？」

女騎士仔細一看，才發現書架和桌上居然有相同的魔法史課本。

「這是妳的嗎？」女騎士問侍女。

「不可能。」侍女否認，「我的東西都擺在自己的房間。」

「啊！」公主則是發出驚訝的呼聲，侍女連忙摀住她的嘴，避免不小心觸發詛咒。

「看來公主殿下有印象呢……雖然大概不會錯了，不過還是來檢測一下吧。」教授則小心翼翼拿出了魔力探測儀。

「這的確很巧妙，畢竟學院裡有課本很正常，很容易就會落入圈套。」教授又說：「要讓公主接觸到也十分容易，只要在上頭寫好公主殿下的名字，之後不管直接拿給公主，或是故意丟在公主殿下上課的教室都可以。」

當魔力探測儀靠近書桌上的課本時，立刻出現了黑色的光芒，就和當初測試公主本人時的反應一模一樣。

「所以詛咒道具就是這本課本嗎？」第二大隊長雙手環胸，「好啦，現在找到詛咒道具了，不過要怎樣才能找到魔法師殺手啊？」

「這是課本，而課本可以透露很多事情。」教授翻閱著課本，「這是今年剛出版的新課本，畢竟身為公主是不可能會用二手書的。」

「所以呢？」

「課本和一般的書不一樣，只有老師和學生才會有需求，因此一般書店不會直接拿出來賣，而是和學校合作。」教授說明：「而在學院，要買新課本通常是找助教登記，以班級為單位統一購買，所以……」

「所以只要去調查今年哪些班級、哪些人買了課本，就可以知道魔法師殺手是誰了。」女騎士興奮地接了下去，而教授則是對她滿意地點了點頭。

除了公主和侍女留在房間之外，他們一行人已經回到了校舍。

「哼。」第二大隊長冷哼一聲，看向眼前的門。

門上頭有著一個刻著「帝國國立魔法學院　魔導學系」的黃銅牌子，第二大隊長又問：「為什麼不去找魔法史老師呢？那是魔法史課本吧？」

「因為學生購買課本這件事和老師無關，要問課本相關的問題，那就得要問真正在行的專家才行。」教授解釋，同時推開了門。

「啊～教授，好久不見～」一推開門，一個趴在桌上的少女就抬起頭，慵懶地打招呼。

少女是兔系獸人，有著一雙兔子的大耳朵和紅色眼睛，配上一頭漂亮的粉紅色長髮和性感身材。一雙大眼睛正似睡非睡地下垂著，豐滿的胸部也因為趴著而變形，看起來一副懶洋洋的樣子。

「好久沒來了啊～人家好想你啊，兔子可是會因為寂寞而死掉的喔～」她這麼說。

「少來了，身為助教，妳也太懶散了吧。」教授這麼說。

「誒嘿嘿～」助教則是回以輕笑。

「教授，這位是……」看著兩人親暱的互動，女騎士不由得表情抽搐了起來。

「喔，這位是我們系上的助教。」教授指著少女，「她負責訂購和整理系上的圖書，任何和課本有關的問題問她就對了。」

「嗨～」助教揮了揮手，托著下巴懶散地說：「嗯～連校長先生都來了啊，真是稀客呢～怎麼這麼大陣仗啊？發生什麼事了嗎？」

「可以幫我看一下這本課本嗎？」教授遞出詛咒物的魔法史課本。

「嗯～讓我看看，這是今年的課本嘛～還滿新的。」助教接過，開始翻閱了起來，「幾乎都沒用過呢～上面沒有任何筆記，書頁翻起來也還有點卡卡的，真是個懶惰的主人啊～」

「能看出主人是誰嗎？」

「沒辦法喔～上頭幾乎沒留什麼線索。」助教又翻了翻，「幾乎就和新書一樣呢～我甚至懷疑根本沒用過……啊，這邊有名字～是公主殿下呢～」

「這樣簡直是在浪費時間。」第二大隊長不耐煩地說：「這些我們早就知道了，一點幫助都沒……」

不過他的話還沒說完，助教就又接著說：「不過，有一點很奇怪呢～

「這個是樣書呢～」助教前後翻閱，「這應該只有老師才會有，為什麼會跑到公主殿下的手裡呢～」

「樣書？」女騎士這麼問。

「課本每年都會修訂，因為可能會有新的發現，改變了既有的魔法理論。」教授說：「不過為了避免錯誤，書商都會先送各個老師免費的課本，請老師們幫忙檢查，假如有問題的話就可以快速回收，不會讓學生讀到錯誤的內容，而這些免費課本就叫做樣書。」

「所以……魔法師殺手是魔法史老師嗎？」

「不，還不能確定。」教授否定，「假如真的是魔法史老師的話，用樣書簡直就是在自白，而且不只教課的老師，每個教職員都會得到一本樣書。」

「是啊。」校長也點了點頭，「老夫每年都會收到一大堆樣書，要怎麼處理其實也是個很頭疼的問題啊。」

「所以魔法師殺手是貴校的老師。」第二大隊長冷笑，「喂喂喂，這間學院真的沒問題嗎？」

「會不會是書店的工作人員呢？」女騎士瞪了第二大隊長一眼，接著問：「他們也會有吧。」

「沒錯，但書店員工不大可能是嫌疑人。」教授搖搖頭，「魔法師殺手必須知道公主殿下上了哪些課程，不然給公主殿下沒修的課堂的課本，她不可能會收下吧。」

「就算是學院的老師，也不見得知道公主殿下的課表吧……」

「那是當然的。」校長堅定地說：「為了保護公主殿下的隱私，這些資訊是不可公開的。」

「是啊，所以我想應該是和公主殿下很親近的老師才有可能，至少要是有教過公主殿下的老師。」教授這麼說，之後又對助教說：「能不能查到這學期負責公主殿下課的老師有誰？」

「等一下喔～」助教從一旁櫃子拿出了厚重的名冊，開始翻閱起來，「嗯～找到了，在這裡～公主殿下修習的課程不多呢，只有三門課而已～魔法史，是主任負責的……魔藥學是校長先生授課，最後是初階魔導學～」

「是我的課堂。」教授點頭，「我對公主殿下有印象，她是個用功的學生。」

現場的氣氛頓時間就變得有些尷尬，沒想到三個嫌疑人當中，就有兩個在現場。

「那個……總而言之，我想先調查一下主任。」女騎士輕咳了一聲，像是要打破這微妙的氣氛作結。

「主任嗎？他在辦公室喔～我去叫他吧～」助教走到旁邊的一扇門前敲了敲，「主任，有人找你喔～」

「請進。」一個嚴肅的聲音這麼回答。

坐在辦公室裡的是一位中年精靈男性，他身型消瘦、表情嚴肅，儘管長相還算英俊，頭頂卻有些微禿。他手中握著一支筆，桌上還擺著幾份公文，顯然剛才在處理公事。

「各位好。」主任對眾人點頭，「雖然我不是有意偷聽，不過你們剛剛和助教的談話我都已經聽到了。」

「那就好。」

「咦～居然在聽我和教授的對話，主任好色喔～」助教半開玩笑地抱住教授的手臂，胸部也緊緊貼在上頭。

「唔……」被這樣偷襲，教授少見地露出了窘迫的表情。

而見到這樣的場面，女騎士不由得表情又抽搐了起來。不過在她介入之前，現場突然發出了「啪」的一聲，像是有什麼東西掉落的樣子。

所有人下意識看向聲源，才發現原來是主任手上的筆不知何時掉了下來。

「咳咳，抱歉。」直到大家看向主任，他才回過神來撿起筆。

女騎士的眼睛瞇了起來。在剛剛一瞬間，她看到一抹帶有敵意的目光自主任的眼中一閃而過，而他目光投向的對象正是教授。

這讓女騎士有種不太好的預感，但是又說不上來，只好先繼續調查，「有幾個問題想要請問……」

「等一下。」主任打斷女騎士，「在你們詢問之前，有件事我想先提出來。

「據你們剛剛的說法，目前有三個嫌疑人，也就是三位教過公主的老師對吧？」主任拿著筆指向教授，「那麼讓其中一個嫌疑人參與調查，你們不覺得有問題嗎？」

「你說什麼……」女騎士皺眉。

但主任繼續說：「假如他就是魔法師殺手，不是有可能會誤導調查嗎？甚至藉機栽贓別人的話該怎麼辦？總之，除非妳能證明他不是魔法師殺手，不然我不願意配合你們的調查。」

「別太過分了！」女騎士不禁勃然大怒，「教授怎麼可能是魔法師殺手，他……」

女騎士本來想繼續說下去，卻不禁停了下來，她一時之間也想不出任何可以拿來反駁的證據。

「說不出來，是吧？」主任見到女騎士的模樣，冷冷地說。

「這……我……」女騎士吞吞吐吐，不知所措。

「團長，這老頑固說得有道理。」第二大隊長也附和，「這本來就是我們騎士團的工作，不要因為教授幫妳洗刷過冤屈，就公私不分了。」

「唔……」女騎士只好看向教授，想尋求援助。

但教授卻搖搖頭，「雖然我不是魔法師殺手，但確實目前並沒有證據可以證明我的清白。」

「可是……你明明就不是魔法師殺手啊……」女騎士痛苦地緊緊握著拳。

「團長閣下，妳覺得光是憑這句話，我會接受嗎？」主任抬起一邊眉頭。

「好了、好了。」這時校長跳出來打圓場，「這麼說來老夫也應該要退出，畢竟老夫也有可能是魔法師殺手，不應該再繼續參與調查。」

「這是當然的。」主任毫不猶豫地點頭。

校長見狀也只能忍不住苦笑，「你這傢伙還是老樣子，腦袋就像祕銀一樣頑固啊。」

「嗚……」見事情已經發展成這樣，女騎士也只能眼睜睜地看著教授離開。

「團長，祝妳調查順利，妳一定能找出真相。」教授在離開前對女騎士這麼說，「我相信妳。」

第二大隊長走進一間房間，關上門後徑直走到一張桌子前，拉開椅子坐下。

「你知道自己為什麼會在這，所以我就不說客套話了。」第二大隊長威嚇對方：「何不快點坦白，省下你我的時間，不是很好嗎？」

這是第二大隊長每次要讓犯人自白時，常用的開場白。其實他從進門到現在所有的言行舉止，全都是精心安排過的，在這樣的壓力下，乖乖吐露犯行的犯人不計其數。

「我用騎士的名譽保證，會在法庭上幫你求情。」第二大隊長最後補上這麼一句話，並自信滿滿地等待著。

「大隊長，我會在這是因為這裡是我的辦公室。」教授沉默了一會，最後終於緩緩地開口，「還有，請你碰任何東西前先問過我，這裡有很多容易損壞的精密儀器和魔導具。」

「哼。」第二大隊長冷哼了一聲。

「雖然我大概猜得到你的來意。」教授又繼續說：「但我的說詞還是沒變，我不是魔法師殺手。」

「嘖，還不肯認罪嗎？」第二大隊長這樣說：「那麼我問你，你的樣書在哪裡？」

「就在這裡。」教授用手隨意比了一下辦公室。

辦公室牆上掛著許多裱了框的獎狀與證書，書架上擺滿了書，一旁的架子也放著各種儀器和魔導具。雖然打掃得很乾淨，也收拾得很整齊，但東西數量實在太多，讓人不禁有些眼花撩亂。

「應該就在這間房間的某個角落。」教授說：「不過老實說我也忘了放在哪，找到之後就會拿給你。」

「別開玩笑了！」第二大隊長一拍桌子，站了起來，「公主殿下的詛咒就快發動了，哪裡有時間等你慢慢找。我看你是在搞拖延戰術吧！快點給我從實招來，要不然……」

「大隊長，你這是在浪費時間。」教授嘆氣，「我再說一次，我不是魔法師殺手，正如我先前說過的，必須要有證據才能指認犯人。」

「你……」第二大隊長一時語塞說不出話來。

而教授則是轉頭，看向窗外。窗戶外頭一片漆黑，畢竟現在正是黎明前最黑暗的時刻。但整座學舍卻仍燈火通明，還有不少人走動和說話的聲音，這是所有人都在為了魔法師殺手的事情，努力尋找著線索的緣故。

「現在時候已經不早了。」教授又說：「與其在這裡浪費時間，我建議你還不如去尋找可以指認魔法師殺手的證據比較實際。」

「我……」第二大隊長本來還想再多說些什麼，但這時門被突然打開。

「夠了，大隊長。」女騎士走了進來，「我明明就跟你說過，不要隨便騷擾別人吧？特別是教授。」

「……呿。」第二大隊長見狀也只得站起身，走了出去。

「抱歉啊，教授。」女騎士關上門，「我本來不想帶他來的，但副團長和其他人出任務去了，現在不在帝都，上頭又希望能多派幾位隊長級的人員參與調查。」

「沒關係。」教授說：「不過，看他的樣子……調查不太順利嗎？」

「是的。」女騎士點了點頭，有些疲憊地嘆了口氣，「到目前為止可說是毫無收穫，進展就和教授你退出時一樣。我們調查了所有學院教授級以上的人物，包括主任和校長在內，他們的樣書都還在。」

「喔？」教授聞言露出深感興趣的表情，抬起了眉頭。

「是的，所以我們完全找不到嫌疑人。啊，然後王國的使者大人也到了。」女騎士又說：「還帶著一個看管嚴密的箱子。」

「那應該就是魔法師殺手所說的『赤王計畫』了吧。」教授推測。

女騎士也點了點頭，「我想也是，另外對方說想要見你。」

「想見我？」

「是的。好像是公主殿下和侍女提到教授你的事，引起了使者大人的興趣。」

「原來如此。」教授點了點頭，又問：「那位使者大人給了你們很大的壓力嗎？」

「嗯。」見到教授已經識破，女騎士不禁苦笑，「雖然對方從頭到尾都笑咪咪的，卻很巧妙地透過各種方式給我們壓力，是個棘手的傢伙。據說他是王子派的人馬，其實不在乎公主殿下的安危，只是想藉機撈點好處。這也是為什麼大隊長會跑進來這樣逼問，他也是沒有辦法了，想要碰運氣。」

「我明白了。」教授說：「那請安排我和使者大人見個面吧。」

「喔，您就是那位教授嗎？」學院的會客室裡，一位身穿華麗禮服的瞇瞇眼年輕帥哥這麼說：「公主殿下和侍女都對您讚譽有加呢。」

「過獎了。」教授在回話的同時瞥了周遭一眼。

房間裡頭除了穿著禮服的男子之外，還有好幾個全副武裝的王國士兵。士兵們身上的鎧甲都有著代表王國的紅色火龍，表情都很緊繃，並且小心謹慎地戒護著一個小箱子。

「那麼，首先對您協助檢測出公主殿下的詛咒一事，表示感謝。」王國使者笑容滿面地對教授伸出手。

「哪裡，這是應該的。」教授一邊回答，一邊和對方握了握手。

「我也聽過了不少關於您的傳聞呢，像是協助法皇國十字軍隊長找出偷走國寶的犯人，還有在復活魔法儀式後幫助聖女。」王國使者又說：「由於時間不多我就直說了，請問您是否知道魔法師殺手到底是誰呢？」

聽到王國使者這樣要求，女騎士的心不禁猛然一沉。明明一點進展都沒有……對不起，教授！她在心中這麼想著，覺得辜負了教授的信任。

然而，教授接下來的話卻使她吃了一驚。

「是的，我已經知道魔法師殺手到底是誰了。」教授篤定地說。

「咦？」

「喔？太好了。」在女騎士還來不及做出其他反應之前，王國使者就這麼說：「那請告訴我們魔法師殺手的真實身分，好去逮捕……不，等等。」

說到這裡，他突然停了下來，想了想又繼續說：「對方是那個魔法師殺手，假如直接去逮捕的話，他很有可能會察覺到不對勁先逃走，最好是設下陷阱，讓他自己踏進來會比較好。」

教授和女騎士互看了一眼。雖然王國使者說的有幾分道理，但總感覺目的似乎並非嘴上說的那樣單純。然而這次受害的是王國一方，因此要怎麼處理他們也不好干涉。

「好，就這麼決定了。」王國使者笑咪咪地拍了一下手，轉頭對手下下令：

「現在去把所有當事人都請到這裡，記住是所有人，這樣才不會引起魔法師殺手的警覺，也不准向當事人透露發生什麼事，聽到了嗎？」

「是！」士兵們大聲地回應。

「在那之前可否給我一點時間？」教授這麼說：「我想和團長閣下私下談談。」

「請便。」王國使者看起來似乎不怎麼在意的樣子。教授對女騎士點了點頭，兩人便往門外走去。

「啊，對了，教授。」不過就在這時，王國使者突然搭話，使他們停下腳步轉過頭。

「我很期待你的推理。」王國使者眼睛微微張開，臉上也露出了淺淺的微笑。但在女騎士眼中，看起來就是不懷好意地冷笑著。

「我會盡力滿足使者大人的期望的。」教授冷靜應答，便和女騎士走出了會客室。

「教授！」一來到外頭，女騎士就立刻問：「您已經知道魔法師殺手是誰了嗎？」

「是的。」教授說：「但我也是聽妳剛剛說的話之後，才推理出來的。」

「是、是嗎？」

「是啊，多虧了妳。沒有妳的話，我不可能推測出魔法師殺手的真實身分。」教授誠懇地說。

「唔……」女騎士的臉不禁紅了起來，感覺一切辛勞都有回報了。

「不會……我其實也沒有做什麼……」她低下頭垂下眼簾，有些害羞地這麼說。

教授看向女騎士微微一笑。明明同樣是笑容，在女騎士眼中，這看起來就像是天使一樣。

「不過，我不認為魔法師殺手會乖乖地束手就擒。妳可能得要預先做一些準備，至於魔法師殺手的真實身分……」

教授瞄了一眼背後的會客室，儘管門已經關上，但裡頭還是有可能聽到他們的談話。

於是教授從懷中拿出一支筆和筆記本，從筆記本撕下一張紙，在上頭寫下一個名字後交給女騎士。

女騎士接了過來，當她看到上頭的文字時，忍不住瞪大眼睛。

「這裡是怎麼回事？」當主任走進會客室，看到眼前的場景不由得揚聲問道。

現在會客室裡除了公主、侍女、校長、助教和女騎士之外，還有好幾名士兵。

「為什麼那麼多人……還有，為什麼他在這裡？」他指著教授說。

「啊，最後一位也到了。」王國使者語氣誇張地對在場的所有人宣布：「那麼晚了還請這位過來真是十分抱歉，不過呢，這是因為我們已經知道了魔法師殺手的真實身分。」

「什麼？」

「是真的嗎？」

「到底是誰？」

聽到王國使者這麼說，所有人不禁瞪大了眼。

「在那之前，我想先介紹一下破解這起案子的功臣。」王國使者動作浮誇地一揮手比向教授，讓所有目光都聚焦到了教授身上，「教授不只在學術領域頗有建樹，在辦案方面更是貢獻良多。

「像魔王城密室殺人案、法皇國國寶失竊案和聖女復活懸案等，假如沒有教授，這些案件的真相恐怕就永無重見天日的一天了吧。」王國使者繼續說：「而這次的案件，教授同樣也解開了一切的謎團……」

「開場白說夠了吧。」主任有些不耐煩地打斷王國使者那過於誇張的奉承，

「魔法師殺手到底是誰？」

王國使者絲毫沒有生氣，反而是笑咪咪退到了一旁，並對教授露出一副像是「我替你暖好場了，快上吧」的討厭表情。

果然是別有所圖，女騎士這麼想著並強忍下怒火。不過教授卻依然表情平靜地走向前，似乎一點也沒受到影響。

「在解開魔法師殺手的身分之前，我想要從詛咒道具開始說起。」教授拿起那本被當作詛咒道具的樣書，「我想先請大家思考一下，為什麼魔法師殺手要使用樣書呢？」

「不就是因為他是老師嗎？」校長這麼問。

「我一開始也以為是如此。」教授說：「但後來仔細想想，就發現這個推論是有問題的，因為實在太明顯了，好像故意在宣稱自己是老師似的。」

「你是說……魔法師殺手其實並不是老師嗎？」聽到教授這麼說，校長恍然大悟。

「是的。」教授點了點頭，「雖然只有老師才會有樣書，但對能潛入校長室的魔法師殺手來說，不管是潛入老師辦公室，還是到書店倉庫偷樣書，同樣也是輕而易舉吧。使用樣書應該是故意要誤導調查。」

「原來如此，確實有幾分道理。」校長點了點頭。但這時主任卻冷冷地說：

「但也不能因此排除是老師的可能性吧？也有可能是知道這點，故意設下雙重圈套。」

「確實有可能。」教授說：「不過多虧團長閣下，得知除了我之外，全校老師的樣書都還在，而每個老師都只會拿到一本樣書，所以不可能是其中任何人。」

「喔，所以你這是在自白囉？」第二大隊長瞄了教授一眼。

「大隊長，請注意自己的言詞。」女騎士狠狠地怒斥，突然靈光一閃想出教授無罪的理由，「假如教授是魔法師殺手的話，那我們在搜查公主殿下的房間時，他就不會去找出樣書了。」

女騎士大聲地說，讓在場的所有人都瞪大了眼睛。

「……說得也是。」主任點點頭，贊同女騎士的意見。

「可是……也有可能是故意找出樣書，假裝自己是清白的啊。」第二大隊長不滿地這麼說。

「大隊長，那樣的話就乖乖等時間過去不是更簡單嗎？」校長這時也加入討論，「為何要特意找出對自己不利的證據呢？況且其他老師的樣書都還在，假如要混淆視聽的話，應該偷幾本來吧。」

「唔……」被指出推理的漏洞，第二大隊長頓時無話可說。

「謝謝兩位。」教授則是對女騎士和校長低頭致謝。

女騎士瞬間羞紅了臉，扭捏地說：「不、不會。畢竟你說過相信我……我只是盡力而已。」

「呵呵。」校長見到這一幕，露出了笑呵呵的表情意有所指地說：「真是太好了呢。」

「那麼魔法師殺手到底是誰？」第二大隊長又追問：「不是老師，難道是學生嗎？」

「不是。」教授搖搖頭，「學生不會知道公主殿下的課表，如果是和公主殿下上同一堂課的同學，可以直接用和公主殿下借東西的方式，把借來的東西當作詛咒道具就好，根本不需要繞那麼一大圈。」

「那到底是誰？」第二大隊長不滿地說。

而主任這次也站在了大隊長那一邊，「是啊，別再拖時間了，魔法師殺手到底是誰？」

「還不懂嗎？」教授說：「在這個學院裡，既不是老師也不是學生，又能完美掌握公主殿下的課表，還知道許多機密，能把所有人玩弄在手掌之間的，就只有一個人。」

「就是你吧。」教授走向魔法師殺手，遞出樣書，「你就是魔法師殺手！」

而他遞出書的對象不是別人，正是助教。

教授這個舉動讓現場所有人都大感震驚，但助教卻不為所動地垂著頭，看起來好像快睡著一樣。最後她才緩緩抬起頭，原本總是半垂著的眼睛此刻全部張開，炯炯有神。

「原來如此，使用樣書反而走錯了一步棋啊～」助教語氣輕鬆地收下了樣書，「本來是想要牽制教授先生，沒想到反而變成破案的關鍵啊～」

聽到助教說出這番宛如自白的話，所有人都不禁繃緊了神經。第二大隊長說：「所以……妳就是魔法師殺手？」

「嗯～是啊～那本樣書就是從教授辦公室裡偷來的。」助教笑著點了點頭，「哎呀，這還是我第一次被人發現真面目呢，感覺有點害羞啊～」

「怎麼會……」主任臉色蒼白，這讓女騎士更加確信一件事——他喜歡著助教。

「拿下她！」王國使者吶喊。士兵們紛紛拔出劍，朝助教也就是魔法師殺手走奔去。

「對淑女動武嗎？真過分啊～」

「乖乖投降吧！」第二大隊長也拔出劍，並大喊：「快點解除公主殿下的詛咒！我以騎士的名譽發誓，會在法庭上幫妳求情！」

唇。

魔法師殺手看著眼前這一切，卻還是一派輕鬆站在原地，只是微微張開嘴

「42。」誰也沒想到，她說出來的竟是一個神祕的數字。

「……什麼？」聽到她這麼說，在場的人都不禁覺得莫名其妙。

「什麼意思？」主任問。

「哼，是因為被團團包圍，所以終於瘋……」

「42個人。」第二大隊長話還沒說完，魔法師殺手就接著說：「這是我的身體如果受到任何傷害，就會因為詛咒魔法而死的學生人數喔～」

聽到魔法師殺手這麼威嚇，所有人的動作都停了下來。

「順便一提～另外還有56個學生，中了假如我在早上五點以前沒有離開學院的話，就會發動的詛咒～」魔法師殺手語氣輕鬆地說：「老實說，這是我估計在不被發現的情況下，所能詛咒的最多人數呢～哎呀，有先準備真是太好了呢～」

「……妳騙人。」女騎士拔出了劍，但手心卻冒著冷汗。

「嗯～說得也是，畢竟就像教授先生說的那樣，要有證據呢～」魔法師殺手一邊這麼說，一邊從胸口掏出了一把小刀。

一見到她拿出武器，所有人都提高了警戒。

「妳想做什麼！」女騎士斥喝：「快點放下武器！」

「仔細看喔～」魔法師殺手將小刀對準自己的手臂，慢慢地刺下去。小刀漸漸刺入肉中，雖然因為動作緩慢，刀尖也不是很銳利，沒有立刻劃出傷口，但是隨著她的力道逐漸加大，小刀隨時有可能會刺穿皮膚。

「唔……」這時在眾多士兵背後，明明沒有和魔法師殺手有任何接觸的侍女，身子卻晃了一下。一旁的公主連忙扶住，她才沒有跌倒。

「這是……」校長不由得發出一聲驚呼。

侍女身上散發出一股黑色的魔力，魔力強大到連不會魔法的女騎士和第二大隊長都能感受到一股凶險的氣息。

「住手！快點住手！」公主連忙驚呼，魔法師殺手這才停下了動作。

「這可以當證據了吧～」魔法師殺手笑道：「老實說，這可是我的得意之作呢～我也是第一次對半精靈施咒呢～雖然侍女小姐把公主殿下保護得很好，但對自己的安危可就沒那麼嚴密了～這可不行啊～要好好愛惜自己呀～」

「可惡……」女騎士一之時間感覺自己進退兩難。

但王國使者卻對士兵們再次下令：「還在等什麼，快點把她抓起來！」

「等一下！」女騎士連忙大叫：「你在想什麼？要是傷到她，就會有學生受害啊！」

「團長閣下，請讓開。」王國使者只是語氣平淡地拒絕，「這可是那個各國都在懸賞的魔法師殺手啊，這樣的危險人物，絕不能讓她逃了。那些學生……很遺憾，這是必要的犧牲。」

「使者大人，這事老夫不能接受。」校長說：「在老夫的學院裡，不能有這種犧牲學生的事情發生！」

「喔？校長先生，您覺得自己可以命令身為王國使者的我嗎？」王國使者的眼睛微微張開，「現在在這裡的可都是王國的士兵，而非帝國騎士團，他們只會聽從我的命令。」

「你……」主任聞言變了臉色。

而第二大隊長則是將劍轉而朝向王國士兵，「你們可別忘了，這個學院可是在帝國的領土之上啊！把我們騎士團當成什麼了！」

女騎士也挺身護住教授，一時間氣氛變得詭譎多端，形成帝國、王國和魔法師殺手三方對峙的場面。

「夠了！」就在這時公主突然大喝：「在別人的地盤作客，竟然是這樣的態度，這是我們王國的規矩嗎？」

「公主殿下……」公主這聲怒斥，讓王國士兵們頓時不知所措。

「我命令你們，讓魔法師殺手離開！」公主對王國使者大聲地說。

「不可以，公主殿下！」然而出聲反對的不是別人，正是侍女。

「假如放她走的話，您的詛咒……」侍女強忍著痛苦牽住了公主的衣袖。

「我不能讓妳為我而犧牲。」公主握住侍女的手這麼說。

在場的所有人不由得為之動容，除了一個人之外。

王國使者皺起了眉，「公主殿下，在下懂得您愛護部下的心情，但是就算放對方走，也不能保證包括侍女在內的學生們就能安全，他們的身上還是帶著詛咒。」

「說的也是啊～」說話的不是別人，而是魔法師殺手，大家不由得又把焦點轉回到她身上。

「不過看在公主殿下份上，我就這麼做吧～」魔法師突然快速地詠唱起來，一股黑色的魔力在她的手中成形。

「居然瞬間就能詠唱詛咒魔法……」主任不由得驚訝地這麼說。

「嘿～」魔法師殺手將手放在胸前，把詛咒魔法施加到自己的身上，「好了～我對自己施加了詛咒，只要離開之後沒有學生們的解除詛咒的話，就會死翹翹喔～」

「等一下，妳身為施術者，不是能自己解除……」

「不能解除喔～」魔法師殺手再次打斷第二大隊長，「附加條件就是不能自已解除，否則詛咒也會發動喔～你們對詛咒魔法的思考實在是太死板了呢～」

僅管魔法師殺手的表情和語氣，就像先前一樣輕鬆愜意，但所有人都能感受到她是認真的。

「放她走，這是命令。」公主對王國使者下令。王國使者沉默了一會，之後才對公主行了一禮。

「既然是公主殿下的命令，那麼在下也只好服從。」王國使者命令士兵們：「聽到公主殿下的話了吧，把劍收起來。」

士兵們只得放下劍，而女騎士和第二大隊長也同樣收劍入鞘。

「好啦～那麼我走啦～」魔法師殺手也收起小刀，大搖大擺地走向人群。士兵們也不由自主地閃到一旁，讓出了一條路。

不過她卻沒有直接離開，反而走向在場的某個人，那個人正是教授。

「教授先生～」她這麼喊著，臉上帶著惡作劇的笑容。

「妳想做什麼！」女騎士緊張地站到教授前面。

「哎呀～別緊張嘛～」魔法師殺擺擺手，「這是第一次有人發現我的真實身分，想要和教授先生……」

「不行！」女騎士一口回絕。

「哼～凶巴巴～算了。」魔法師殺手聞言嘟起了嘴，走向門口，「那麼，就期待你們公開赤王計畫囉～對了，雖然應該不用多說，不過不可以跟蹤我喔～也沒用就是了啦～」

留下了這麼一句話之後，魔法師殺手就離開了，留下沉默的眾人。

「唔……」公主這時突然摀著胸口，蹲了下來。

「公主殿下！」在場的人不禁驚呼，侍女連忙上前扶住了她。

「……我沒事。」公主喘著氣說。

教授看向會客室牆上的時鐘，「已經早上六點，詛咒魔法快要發動了。」

「現在該怎麼辦，得要快點公布計劃……」校長緊張地說。

然而公主卻搖搖頭，「不行。」

「……什麼？」

「是我下了放走魔法師殺手的命令，必須要自己負起責任……」公主用氣音這麼說，但語氣卻十分堅定，「不能因為我的行為讓王國蒙受損失……」

「不愧是王族。」王國使者臉上也不禁露出欽佩的表情，向公主行了一禮，「您為國家犧牲的勇氣，在下深感欽佩……」

「喂、喂，你們是認真的嗎？」第二大隊長見狀忍不住說：「她可是你們國家的公主啊，真的要因為一個無聊的計畫犧牲掉一條人命嗎？」

「這也是沒辦法的。」王國使者這麼說：「公主殿下在下命令的時候，就已經知道會有這樣的結果了……」

「什麼叫沒辦法……喂……」第二大隊長的話還沒說完，原本攙扶著公主的侍女卻突然輕輕將她放下，一言不發地站了起來。

「妳要做什麼……」

「……嗯？快阻止她！」當眾人還搞不清楚她的意圖時，王國使者卻好像已經知道了些什麼，皺起眉頭並對士兵們下令。

士兵們這才驚覺不妙衝上前，但侍女已經開始詠唱起魔法，數個魔法陣憑空浮現環繞在她的身上。

「不行！」看出魔法陣的校長連忙喊道，但已經來不及了。

侍女一口氣就制服了士兵們，並從一個士兵身上搶了一把劍過來。

「居然把強化魔法的魔法陣刺在自己身上？」主任不由得瞪大眼睛，「那種痛楚可不是一般人能承受得了的啊！」

「不想死就給我讓開！」侍女雙眼瞪大，綠色瞳孔發出光芒。

「妳在想什麼！這可是叛國！」王國使者見狀拔出了劍。

這還是女騎士第一次看到王國使者使劍，但從持劍的方式一眼就看得出他也是位劍術高手。

「叛國就叛國吧。」侍女冷冷地說，拿劍指向王國使者，「我要公布赤王計畫，拯救公主殿下的性命！」

「不行……」公主氣若游絲地說：「快停下……」

「對不起，公主殿下。」侍女似乎是鐵了心，完全不看公主一眼，彷彿看到她痛苦的樣子就會心軟，「身為您的貼身侍女，我不能讓您深陷如此痛苦之中。之後不論是什麼樣的懲罰我都願意接受，不過現在就讓我做自己想做的事吧！」

正當衝突一觸即發的時候，一個人突然站出來，擋在王國使者和侍女兩人之間。

「教授！」女騎士驚呼。

「兩位都把武器收起來吧。」教授這麼說：「我有辦法在不洩漏計畫的情況下，拯救公主的性命。」

「什麼？」侍女和王國使者同時驚呼，手中的劍也不由得垂了下來。

「這就是魔藥——死神的仁慈。」在一座教堂裡，校長端給公主一杯泛著香氣的琥珀色液體，「喝下之後您會毫無知覺地昏死過去，公主殿下。」

「非常謝謝您，校長先生。」公主微笑地接了過來。

「你確定這個方法有用嗎？」一旁的第二大隊長一臉懷疑地這麼問教授。

「一定會有用。」教授手上拿著一條墜飾，上頭有著一顆發著光的心型紅寶石，「詛咒魔法發動殺死受害者之後，就會直接消失，不會留下任何後遺症。對吧，主任？」

「理論上沒有問題，但沒有人知道實際操作起來會發生什麼事，因為根本沒有先例。」主任冷冷地回道。

王國使者倒是一臉佩服地說：「真不愧是教授，居然想得到這種方法。」

「哼。」見到王國使者一副事不關己的樣子，女騎士不滿地哼了一聲，「明明教授是為了你們才冒這種險的……」

「公主殿下……」侍女則是握住公主的手，雖然表情依舊不變，但可以看出她的擔憂。

「不用擔心。」而公主當然也感受到了，她微笑著安慰說：「我相信教授。」

「請治好公主殿下。」侍女也看向教授，最後只低下頭說了這麼一句話。

「我會的。」教授點點頭，「但在這之前需要先殺死她。」

「時間快到了。」校長說。

「那麼各位，等會見。」公主語畢，把魔藥一飲而盡。

喝完的同時她就倒了下來，而學院的鐘聲也隨之響起，宣告著七點的到來。

一股黑色的魔力從公主身體深處湧出，捲動教堂內的空氣形成一股強風，所有人被迫低下頭。

「好強的魔力！」主任不由得驚嘆。

不過很快魔力就消失得無影無蹤，教授謹慎地拿出魔力探測儀，開始檢測公主的身體。魔力探測儀發出淺藍的光芒，上頭地指針一齊指向同個指數。

這些反應女騎士還有印象，果不其然教授肯定地宣布：「詛咒魔法消失了。」

「公主殿下……」校長確認公主的生命跡象，隨後對所有人搖搖頭，代表公主已經死去。

同時間教授念起咒語，墜飾發出白光，教堂地板上也浮現一個巨大的魔法陣。

「這就是復活魔法嗎？」王國使者半是讚嘆，半是感到有趣地評論：「真是驚人，我從未想過竟然有聖女之外的人可以使用。」

魔法陣的光線不斷變強，最後整座教堂都籠罩在耀眼的白光當中，所有人不由得緊緊閉上眼。

「公主殿下？」不知過了多久光芒終於消退，眾人的視力逐漸恢復，他們的目光當然是立刻看向了公主。

公主依舊躺在原處，雙眼緊閉，看起來就好像是睡著一般，但接著她的眼皮先是微微顫抖，最後緩緩張了開來，「我還……活著？」

「公主殿下！」

「太好了！」

「成功了！」

所有人都歡呼起來。侍女肩膀微微顫抖著，一言不發地抱住公主，「太好了……您平安無事是太好了……」

一旁的教授因為精疲力竭而由女騎士攙扶，不過他還是面帶微笑地看著這一切。

「教授，你還好嗎？」女騎士臉上露出擔憂的表情。

「啊啊，我很好，謝謝……」教授的話還沒說完，王國使者就走了過來。

「真是精彩的魔法啊，教授先生。」他這麼說：「沒想到那位聖女大人居然願意將魔力分送給您……您和聖女大人的關係到底是……」

「只是我幫她一點忙得到的謝禮罷了。」教授看向吊飾，吊飾的外觀雖然沒有改變，但紅寶石的光芒已經消失了。

「喔……」王國使者若有所思地也看向教授手中的吊飾，最後還是行了一禮，「無論如何，感謝您出手拯救公主殿下的性命。」

「啊，教授。」這時公主那邊的騷動也總算停下來，公主在侍女的攙扶下走了過來。

「真的非常謝謝您。」公主對教授這麼說：「您居然為了我，不惜使用那麼珍貴的魔導具……」

「不會，這是我應該做的。」教授回應，「老師保護學生是理所當然的，況且這次事件本來就是我們學院的疏失，讓您遇到危險真是十分抱歉。」

「呵呵，教授您真是溫柔呢。」公主臉上突然出現紅暈，「雖然喝下魔藥後就失去知覺，但在進行復活儀式時，我還是隱隱約約聽到了教授您的聲音，讓我感到十分安心。我感覺靈魂和您有了共鳴，產生某種連結……」

「是嗎。」教授說：「確實我也深刻感受到，自己與公主殿下您的靈魂緊密連結在一起，老實說我從未有過這種感受，就好像和您心靈相通了一樣。」

「教授……」公主含情脈脈地看著教授。

「喔。」王國使者見狀，似乎發現些什麼，臉上露出一抹微笑。

「咳咳，不好意思，公主殿下。」見到情形有些不對勁的女騎士連忙打斷，「我想您和教授一定都很累了吧？你們最好早點休息，有什麼想感謝的話等之後再說吧。」

「啊啊，也是呢。」公主這才像是回過神來，看向侍女，「不過孩子也有話想要和教授說，對吧？」

「是的。謝謝你，教授。」侍女點頭，但只說了一句話。這樣冷淡的反應，一下子就讓氣氛變得有些尷尬。

「這傢伙真的不會道謝啊……」第二大隊長在一旁說著風涼話。侍女不悅地瞪了他一眼，讓第二大隊長頓時噤聲。

不過教授卻點了點頭，用溫和的語氣回應：「剛才在施展復活魔法時，我透過公主看到妳平常的樣子，妳將公主殿下保護得很好，真是辛苦了。」

「咦？」儘管侍女臉上依舊還是一號表情，但她的眼睛微微張大了一些，「……謝謝你。」

「咦？這孩子居然害羞了？」公主吃了一驚，「我還是第一次見到……」

「有嗎？怎麼看還是一個樣啊。」第二大隊長不解。

王國使者則是笑咪咪地說：「事情好像變得有趣起來了呢。」

「好了，老夫想各位應該都已經很累了，就早點回去休息吧。還好今天是假日，但之後還得要仔細評估這次事件給學院帶來的損害……唉。」說到這，校長忍不住嘆了口氣。

「不好意思給學院帶來麻煩了。」公主深感抱歉地說。

校長連忙搖手，「啊，不，這些全都是本校的疏失……公主殿下您最好先在這邊休息一會，畢竟才剛發生那種事……需要有人留下來陪您嗎？」

「已經有人陪我了。」公主向侍女點了點頭，笑咪咪地說：「謝謝校長先生的關心。」

「那麼教授，我送你回去吧。」女騎士這麼說。

「謝謝，不過我得先回辦公室一趟，有些東西要拿。」教授點點頭。

「公主殿下。」等所有人都離開後，侍女低下頭，「竟然讓您遇到這種事，實在是萬分抱歉。」

「嗯。」公主的模樣和剛才完全不同，臉上的表情也變得冷酷無比。

「這不是妳的責任，沒想到魔法師殺手居然知道赤王計畫。」她聲調冷酷地說：「不知道她背後的主使者是誰……是帝國的人嗎？或是其他國家的間諜？還是我那愚蠢的弟弟呢？」

侍女見狀屏息站在一旁，深怕打斷主人的思考。

「無論如何，現在還沒有露餡。」公主最後這麼決定，「經過這次失敗，對方應該會暫時罷手，我們剛好可以趁機加速赤王計畫的進行。」

「是。」侍女恭敬地低下頭。

公主看向她，突然用柔和的聲音說：「妳在這次事件中犯下兩個錯誤，知道是什麼嗎？」

「是，我讓魔法師殺手有機可趁，讓公主殿下被施加了詛咒……」儘管公主的聲調溫柔，侍女卻全身一震，臉色蒼白雙眼瞪大，緊張地回話。

「錯。」侍女話還沒說完，公主就笑咪咪地打斷，「妳也太自大了，魔法師殺手是被各國通緝的危險人物，而且她竟然知道我們是用夾在課本裡的密函來和帝都的眼線聯絡……妳覺得憑自己一人能阻止得了她嗎？」

「呃……還是是我疏於自身防範，被魔法師殺手施加了詛咒……」侍女的額頭上冒出冷汗

「又答錯了。」公主伸出雙手輕輕撫摸侍女的頭，「還真是個愚鈍的孩子啊，妳這樣怎麼幫我完成赤王計畫，取得整個帝國呢？」

「實在萬分抱歉！」侍女全身發抖，大聲地這麼說：「還請公主指示！」

「首先妳確實太不珍重自己了，居然想要犧牲自己來解除我的詛咒。妳是我重要的棋子，沒有我的同意，就算是為了我也不能這麼做喔。」公主輕柔地說：「再來赤王計畫是絕對不能洩漏的，這個計畫比妳我都還要重要，知道了嗎？」

「是！我會銘記在心。」侍女小心翼翼地回答。

「幸好他們似乎都以為赤王計畫是一個物品。」公主看向遠方，「不管那個使者在打什麼主意，他帶來的箱子確實是個很好的誘餌，應該沒人發現這個計畫是要讓我登上帝國的王位吧。」

侍女沒有答話，因為她知道以公主的習慣，她還有其他話要說。

「不過……」果不其然，公主又接著說：「沒想到騎士團長會親自前來，她可是帝位繼承人之一，從外表來看是個十分英勇的人呢，得要小心她才行。此外，教授也很聰明……要是一個不小心計畫就有曝光的風險，以後要更謹慎才行。」

「公主……」侍女這才緩緩開口，「可以請教一件事嗎？」

「說吧。」

「……您對教授是什麼感覺呢？」侍女沉默了一會，終於打定決心問道。

「抬起頭吧。」公主沒有正面答覆，而當侍女抬起頭時，發現她正微笑地看著自己。

「妳覺得呢？」她反問：「妳似乎很喜歡教授的樣子，不是嗎？」

「那是因為他救了公主您的命。」侍女回答：「我對他是感激，並不是愛戀那種感情……」

「哎，妳就是太死板了。」公主故意嘆口氣，「我們之後還要和帝國那些高官貴族斡旋呢，妳那麼冷淡，要怎麼協助我呢？」

「對不起……」

「不過教授確實厲害。」公主一邊說，一邊露出了若有所思的表情，「居然能找出那個魔法師殺手，而且還會使用復活魔法，與騎士團長的關係似乎也很不錯……」

「……公主？」侍女好奇地看向公主。

「不錯。」公主突然這麼說：「他就是我登上帝國王位所需的人才，假如能籠絡教授的心，就算是把王位旁邊的位置給他也無妨。」

「……第一次聽到公主您給人那麼高的評價呢。」侍女聞言不禁瞪大了眼，帝國王位旁邊的位置通常是屬於皇帝配偶的，這代表公主甚至不惜以身相許。

「呵呵，吃醋了嗎？」公主輕笑著說：「真是可愛的孩子呢……放心，假如妳喜歡教授的話，那麼由妳嫁給他也是可以，我願意讓出正宮的位置只當情婦喔。」

「公、公主！」侍女不禁紅起臉提高了聲量。

然而公主的下一句話，立刻讓她恢復以往的冷靜與自持。

「……畢竟只有妳，才是我唯一可以真正相信的朋友。」公主臉上的表情十分認真，「假如妳真的喜歡教授的話，剛剛我所說的那些都是認真的。」

「公主……」聽到公主這麼看重自己，侍女露出感動的表情。

「好了，先不提這些了，還有一件事。」公主話鋒一轉，「通知我們在帝都的眼線，調高對教授和騎士團長的警戒程度。」

「調高到什麼程度呢？」侍女又問。

「嗯……」公主看向教授離開的方向，眼睛瞇了起來，「就調高到最高級別吧。」

教授和女騎士兩人回到了教授的辦公室。

「小心腳步，教授。」女騎士攙扶著教授這麼說。

「啊啊，不好意思，我拿個鑰匙。」教授從懷中拿出一把鑰匙打開門。

當他進門後看到桌上某個東西時，卻不禁愣住。

「教授，怎麼了嗎？」女騎士發現教授的臉色有些不對勁，立刻這麼問。

「那是……我在推理時交給魔法師殺手的樣書。」教授指向桌上的樣書。

女騎士聽到後不由得臉色大變，「什麼！」

「等一下。」教授拿出魔力探測器，開始檢查起辦公室裡頭包括樣書在內的所有東西。

「這個沒問題……這也沒問題……看起來，魔法師殺手侵入這裡就真的只是為了放這本樣書而已。」在細心檢查過一輪後，教授這麼斷定。

「唔……那隻兔子到底在想什麼……」女騎士表情凝重。

「魔法師殺手喜歡炫耀，闖進戒備森嚴的地方留下訊息也是她的習慣。」教授拿起樣書，翻了開來。

果不其然樣書裡頭夾著一張信紙，教授拿起信紙端詳，上頭果然有一個魔法陣。在灌注魔力後，他和女騎士兩人一起讀了起來。

哈囉～

教授先生還真是厲害啊，居然有人能破解我的詛咒，這還是第一次呢～

既然奪走了人家那麼多的第一次，就要好好負責喔～

下次再一起玩吧～

魔法師殺手

P.S.順便一提，下次見面可就不會那麼容易被抓到了～

「這隻萬年發情兔……」女騎士看完不由得憤慨地說。

而教授則是吐了一大口氣，「呼，這次還真的是被個麻煩人物盯上了。」

「沒問題，我會保護您的！」女騎士大聲地宣告，並用雙手握住教授的手，聲音大到可能連隔壁的主任也聽得到。

「我聽得到。」主任的聲音從隔壁悶悶地傳來。

教授見狀不由得微微一笑，對羞得滿面通紅的女騎士說：「謝謝，聽到妳這樣說我就安心了，以後也要拜託妳了。」

「好的！」女騎士臉上露出了燦爛的笑容。

兩人緊緊握著對方的手，離開辦公室朝外頭走去。

——《魔導學教授的推理教科書・上》完

Afterword

後記

大家好，初次見面請多指教，我是千筆，謝謝你拿起這本書。

這是我的第一部出道作品，雖然與推理相關，但其實我自己很少在看推理小說，原因可能和小時候聽的廣播劇有關（糟糕，一不小心就透露出了年齡），因為每次這種推理相關的廣播劇配樂都十分恐怖，不是十分陰森，就是會突然發發出巨響，讓我這個膽小鬼每次聽到一半就不敢再繼續聽下去。

之後雖然開始慢慢開始接觸《福爾摩斯全集》和《亞森羅蘋全集》，但真正吸引我，讓我對推理小說感興趣的，是既晴老師的《超能殺人基因》，其中的氣氛營造之精湛，手法運用之巧妙，讓我大開眼界，有種「啊，原來推理小說還可以這樣寫啊」的感覺。

接下來就是米澤穗信老師的《古籍研究社系列》，說來慚愧，我是先看了動畫之後，才開始接觸原著的，不過這也讓我了解到原來推理寫作也可以那麼輕鬆，不僅是指不一定要有殺人案件，同時也使我了解到推理與輕小說的結合是那麼的有趣。

再來是常見的感謝環節，謝謝編輯和出版社願意給我這次機會，讓我能一圓長久以來的作家夢，謝謝唯莎老師，繪製了如此精美的封面，另外還要特別感謝值言老師、記本比老師和2004角川輕小說寫作班的同學們，你們在我創作的過程中給了我不少相當有價值的建議。

當然，還要謝謝每個看到這裡的讀者，沒有了你，教授和女騎士的故事就將會喪失意義，畢竟，若是只有凶手，而沒有其他人的話，那偵探的推理秀又有什麼意義呢？

另外，我在其他網路小說平臺上，也各有一篇小說投稿，分別是《勇者討伐計畫》和《蘇公案》，前者是歡樂向的冒險故事，後者則是歷史推理短篇小說，假如有興趣的話，應該只需要谷歌一下「千筆」加書名的話，就能找到（應該沒問題啦……就我自己的搜尋結果）。

那麼，我們下一本書見。

千筆

高寶書版集團
gobooks.com.tw

輕世代 FW385

魔導學教授的推理教科書・上

作　　者　千　筆
繪　　者　唯　莎
編　　輯　薛怡冠
美術設計　陳思羽
排　　版　彭立瑋
企　　畫　方慧娟

發 行 人　朱凱蕾
出　　版　三日月書版股份有限公司
　　　　　Printed in Taiwan
地　　址　臺北市內湖區洲子街 88 號 3 樓
網　　址　www.gobooks.com.tw
電　　話　(02) 27992788
電　　郵　readers@gobooks.com.tw（讀者服務部）
傳　　真　出版部　(02) 27990909　行銷部 (02) 27993088
郵政劃撥　50404557
戶　　名　三日月書版股份有限公司
發　　行　英屬維京群島商高寶國際有限公司台灣分公司
　　　　　Global Group Holdings, Ltd.
初版日期　2022 年 10 月

國家圖書館出版品預行編目 (CIP) 資料

魔導學教授的推理教科書 / 千筆著 .-- 初版 . -- 臺北市：
三日月書版股份有限公司出版：英屬維京群島高寶國際
有限公司臺灣分公司發行 , 2022.10-
　面；　公分 . --

ISBN 978-626-7152-23-2(上冊：平裝). --
ISBN 978-626-7152-24-9(下冊：平裝)

863.57　　111009234

三日月書版

三日月書版

GOBOOKS
& SITAK
GROUP©

GOBOOKS
& SITAK
GROUP©